# Eles Não São Anjos Como Eu

**Eles não são anjos como eu**



*Gerente editorial* Paulo Nascimento Verano
*Editora assistente* Fabiane Zorn
*Coordenadora de revisão* Ivany Picasso Batista
*Revisora* Cláudia Cantarin

ARTE
*Projeto gráfico* Elisa von Randow
*Coordenadora de arte* Soraia Scarpa
*Assistente de arte* Thatiana Kalaes
*Tratamento de imagem* Cesar Wolf, Fernanda Crevin

*Crédito das imagens* p. 114 e 115: acervo pessoal; demais fotos: Renato Parada

CIP-BRASIL. CATALOGAÇÃO NA FONTE
SINDICATO NACIONAL DOS EDITORES DE LIVROS, RJ

K98e

Kupstas, Marcia, 1957-
Eles não são anjos como eu / Marcia Kupstas ; ilustrações de Zansky.
– 1 ed. – São Paulo : Ática, 2014.
120p. : il. – (Marcia Kupstas)

Inclui apêndice
ISBN 978-85-08-17011-1

1. Novela infantojuvenil brasileira. I. Zansky. II. Título. III. Série.

14-15123. CDD: 028.5
CDU: 087.5

ISBN 978 85 08 17011-1 (aluno)
ISBN 978 85 08 17012-8 (professor)
Código da obra CL 738779
CAE 529161 (aluno) | 529162 (professor)

2014
1ª edição
1ª impressão
Impressão e acabamento: Prol Editora Gráfica


Avenida das Nações Unidas, 7221 — CEP 05425-902 — São Paulo, SP
Atendimento ao cliente: 4003-3061 — atendimento@atica.com.br
www.atica.com.br

# MARCIA KUPSTAS

# Eles Não São Anjos Como Eu

Ilustrações de Zansky

editora ática

SEMPRE TIVE CURIOSIDADE sobre anjos e o desejo de escrever uma história protagonizada por um desses seres celestiais, porém nunca encontrei o tom adequado. Em 2002 entrei em contato com as irmandades de Alcoólicos e Narcóticos Anônimos. Ouvi muitos depoimentos de pessoas que se expressavam num pitoresco registro e tive certeza de que aquela seria a fala do meu Samuel.

Em sua vivência terrena, Samuel foi malandro e experiente nas quebradas da vida. Após a morte, engajado no Exército do Senhor, cumpre a missão de reunir um velho tão ranzinza que acabou abandonado pela família com um rapaz drogado, delinquente e solitário. Ao narrar a história, Samuel se expressa num estilo que batizei de *gótico-malandrês*, que mistura gíria grupal, reflexões filosóficas e boa dose de ironia sobre essas "almas sebosas" — modo como ele próprio se refere a seus protegidos.

Optei pela sutileza e pelo tom simbólico em certas passagens, mas não para "adoçar" descrições pesadas do uso da droga, pois não acredito que escrever livro juvenil seja simplificar abordagens. Mas essa é outra conversa...

Neste prefácio, quis marcar para você, leitor, que um outro registro narrativo é possível. *Eles não são anjos como eu* não é reportagem nem denúncia. É história de gente que busca a redenção e quer salvar, além da própria vida, a própria alma.

Um abraço,

Marcia Kupstas

# SUMÁRIO

Para a Irmandade. Que ajuda a encontrar anjos... E para Paulo Rogério Soldá Daytenko. Ele sabe por quê.

**“Grande é a dignidade das almas, quando cada uma delas, desde o momento de nascer, tem um anjo destinado para sua guarda.”**
São Jerônimo

**“Para mim, o maior dos suplícios seria estar sozinho no Paraíso. [...] São precisamente os erros dos homens que os tornam amáveis.”**
Johann Wolfgang von Goethe

# Não é fácil falar com Deus

"Todo o inferno está contido
nesta única palavra: solidão."
(Victor Hugo)

QUANDO EU AINDA ESTAVA VIVO, achava que era fácil assim. Era só chegar no Céu, pra acertar meus B.O.s (Boletins de Ocorrência) com Deus, e dizer:

— O que é meu eu assino. Tá limpo. O que eu fiz tá feito e assumo. Mas tem coisa aí que não é minha não. E se o Samuel aqui não era de assumir B.O. dos outros quando ainda estava vivo, vai fazer isso agora que é anjo? Pois minha pena é essa, né, Senhor? Anjo da guarda... Pode confiar. Se o anjo é *da guarda* e o Senhor é o Senhor dos Exércitos, aleluia! Não peço serviço mole. Vou cuidar direitinho. Até porque a missão de anjo depende do serviço mostrado e pode ter certeza de que Samuel aqui quer crescer, cumprir a guarda e quem sabe voltar pra Terra em alma mais evoluída.

Achava que era só chegar no Céu e falar.

Mas não é bem assim que a coisa funciona.

*Primeiro*: agora não é tão fácil conversar com Deus. Quando eu ainda estava vivo, todo dia falava. E muitas e muitas vezes, eu O ouvia. Me diz se não era a voz Dele, cochichando no meu ouvido: "Sai daí, mano... isso é cheiro de morte. Vai embora que vão aprontar com vocês". Eu agradecia baixinho e dava no pé. Quantas vezes não ficava sabendo, tempo depois: "Ferraram com o Avelino. Barbarizaram com o Ferreirinha. Fecharam o tempo cum nóis e só escapou o Samuel porque aquele tem anjo da guarda que funciona".

Era a divina proteção.

Mas agora Ele não responde. Essa é a vontade do Senhor? Pergunto, pergunto e nada. Tem de saber esperar. Usar a paciência. Vai ver é parte da pena: a decisão vir sozinha, sem Voz nenhuma soprando ajuda.

*Segundo*: não conheci meu anjo da guarda. E fico perguntando, xará, se um dia vou conhecer. Agradecer. Porque, se não era a voz de Deus, com certeza era a voz dele, do anjo, que livrou minha pele em tanta hora da vida, pra não desencarnar fora do tempo. A hora Deus é quem sabe. Tá limpo. Não reclamo não. Só queria ver a criatura e dizer: "Valeu. Desculpa aí o trabalho, sei que não fui moleza. Mas é na dificuldade do serviço que o fulano mostra a valentia e tu fez por merecer a evolução".

Mas aqui não tem assim uma Repartição dos Anjos, onde o povo se reúne depois do expediente. Então, necas de ver o meu anjo.

Fazer o quê? A vontade do Senhor.

E, por ser a vontade do Senhor, tem a número três.

Que é o seguinte: na guarda, não se escolhe serviço. Se aceita. Já matutei muito, se a pena da gente não é exatamente a de cuidar daquilo que se desgostava em vida. Já pensou? Eu, o Samuel aqui, que em vida era de ficar na roda de samba, enrosco com mulher à toa, varar madrugada em carteado, topar briga de faca e de mão, ter agora de botar as asas pra esquentar as costas de um branquelo bobão? Ah, ia ser desperdício demais, meu Senhor! Um tédio... e só não morro de tédio porque morto já estou.

Enfim, a vontade do Senhor.

Mas eu sabia: Deus não abandona Suas criaturas. Menos ainda quem é da Sua guarda, Senhor dos Exércitos!

E veio minha primeira missão.

Quer ouvir? Posso te contar do meu jeito, assim, em prosa de malandro. Com a palavra bonita, da fala de artista...

Ou papo de anjo.

Vai ouvindo.

Minha primeira tarefa foi juntar aqueles dois, o Velho e o Garoto. Pra quê? Mistérios do Senhor, que teria divinas razões para cruzar seus caminhos. E era coisa difícil, xará, porque onde já se viu caminhos mais desencontrados?!

Tu gosta de ouvir histórias? Pode deixar que eu conto.

Acho até que preferia as minhas, de quando era vivo, tempo de ativa... mas isso, desencana, que não vem não. Tem coisa que é só entre a gente e Deus e morre nos ouvidos do Senhor, na hora do Tribunal dos Justos. Mas a primeira missão, essa sim dá pra contar.

E aviso, porque quem avisa amigo é: prepara a decepção. Tu não vai gostar deles, xará, sabe por quê? Porque eu mesmo, que sou anjo, desgostei! Quando vi a ficha dos caras, pensei: "Iiiiiiih, Samuel, pobreza! Provação brava, lidar com gente desse tipo, alma sebosa".

Mas depois vi que a tarefa era das boas. "Quer moleza? Come lesma." A grandeza dos finalmentes é a dificuldade nos entretantos — e olha que agora falei bonito! Então vamos em frente que atrás vem gente.

Primeiro, a história do Velho. Toda história tem um começo, mas nem todo começo de história tem de ser o começo de tudo.

Se fosse pra ir aos começos de tudo do Velho, ia ser de longa data, que o Velho passou dos 70. Nos tempos de se reunir com o Garoto, o Velho morava sozinho, em sobrado. Só ele e um cachorro.

Nos antigamentes, tivera mulher, tivera filhos. O sobrado já havia contado com dois garotos e uma menina e — pra quem via ele assim abandonado, pintura lascada, janela torta, nem imaginava! — tinha sido bonito. Tempos em que a vida podia ser mais farta e mais tranquila, e só não era por causa do Velho.

Que nem era Velho, nesses tempos... será? Gente assim é que nem água de salsicha: não serve pra nada! E ainda transtorna a vida dos outros. Acho que mesmo com 20 anos, com 30, o Velho tinha a alma velha. Reclamante. Se o filho pedia um dinheiro pra bala, coisa pouca, de moleque, ouvia lenga-lenga e crítica. Nunca um "não" ou "sim", mas a história inteira dos porquês: "Dinheiro jogado fora. Pra que comprar doce e enriquecer bodegueiro? Onde se viu, pede que tua mãe faz bolo, economiza". E lá ia a ladainha contra comerciante, contra doces, contra quem botava preço nas coisas.

Se a filha via as meninas arrumadas pra festa ou saindo a passeio no parque, pronto! O Velho tinha suas teorias (e sobre tudo, ele tinha teorias): "Gente que não tem o que fazer!", "Mas é domingo, papai", "Não importa, tempo jogado fora", "Mas é gostoso passear, ver lugares", "Quer ver coisa, vê TV. Não queriam televisão? Eu comprei. Agora, assiste", "Eu assisto, papai, e gosto... mas também é bom passear", "Moça que passeia muito acaba falada", "Nem é muito, só um domingo, papai", "É assim que começa a perdição".

Deu pra entender como era a filosofia do Velho? Teoria do ressentimento: sentimento cozido duas vezes, pequenininho, re-sentido, ressecado... Tinha medo ou raiva daquilo que desconhecia. E como ignorava a maior parte, o mundo era um lugar de coisas malfeitas — a serem evitadas ou consertadas.

Nos exemplos: o Velho não sabia nadar e era muito branco de pele. Em vez de se ver diferente, via a diferença no mundo. E quem ia em praia, nadava, tomava sol, só podia ser maluco, exibido, ignorante: "Câncer de pele, insolação, estão fabricando doença, Deus-que-me-livre". O Velho em-menino não foi de-escola, tinha vergonha do uso ruim das palavras. Já adulto, em vez de caprichar no lero e melhorar o palavreado, achava mais fácil descer o sarrafo nos bem-falantes: "Fulano? Ah! Parece político. Enrolador. Quem fala assim bonito, todo arrumado, quer coisa".

Fora de casa também era assim. Controlava a vida de todos. Se algum colega na fábrica folgava mais tempo no banheiro e esticava o cigarrinho, o Velho corria e dava com a língua nos dentes. Afinal: "Se tenho de cumprir horário e tarefa, é justo que os outros também". Definia como *justiça* toda e qualquer intromissão. Nada era por ele; tudo era pelo acerto das coisas. Se o mundo carecesse de um juiz, certamente esse papel já tinha dono, e era dele.

Deixar o Velho contente era descobrir um segredo! Ah, e se fosse dos cabeludos, aí sim! Era até capaz de corar as bochechas, por pura satisfação. Coisa assim como mulher receber muito a visita de homem nas horas em que marido não estava... eta notícia boa! O Velho até frequentava o boteco onde bebericava o candidato a corno, *desde que* pudesse, como quem não quer nada, entregar o *maledito*.

E que felicidade, se o pau comesse e a vizinhança estremecesse com a briga do casal, *desde que* fosse ele a começar a bandalheira! Se a esposa, Mercedes, se atrevesse a defender a coitada, ouvia um "Bem feito! Quem não faz, não teme".

Não se pense, com isso, que o Velho fosse um defensor de marido traído ou moralista de religião. Nada a ver. Se o segredo descoberto envolvesse um camarada, era igualmente dedado. O Velho nunca que ia em igreja — a missa e a fé dos outros, para ele, só podiam ser "bobagens". E padres, freiras, aqueles sim, eram canalhas maiores: "*Celibato*... bem sei! Tudo safadeza, debaixo daquelas roupas".

Tinha o dom maravilhoso de acertar o ponto fraco dos outros. Nada por maldade, claro! Tudo pela justiça. Não era justo, por exemplo, que o pedreiro estivesse feliz porque o filho passou no vestibular. Por A+B, o Velho provou quanto se gastaria numa faculdade de Engenharia. Por A+B, provou que destino de pobre é miséria e que escola é luxo de rico e que gente que nem ele nunca devia sonhar...

Não se pense, com isso, que concentrasse a amargura nos pobres. Não. Era democrático na distribuição do rancor! Se o padeiro estivesse rindo à toa, porque descolou um feriado fora de hora e uma casa na praia de graça, semana inteira de litoral e verão, o Velho olhava bem para a alegria do homem e sugeria: "Reforça o protetor solar, seu Américo, porque um careca com cabeça vermelha parece fósforo aceso".

Alegria especial era ver o sorriso murchando na boca dos outros! O dia era magnífico se, atrás de si, deixasse um rastro de caras feias e pensamentos sombrios...

Ah, mas se perguntassem pra ele se ele achava que era, assim, um homem *ruim*... escândalo! Jamais. Era *justo*. Era *sincero*.

"Todas as pessoas cruéis se descrevem como modelos de franqueza", disse um escritor. Essa seria uma boa definição para o Velho, mas prefiro ir mais longe: o Velho não era bom, mas também *não era mau*, e isso por covardia. Parece estranho? Pense bem. Mau mesmo é quem se assume, tem raiva com convicção, é odiento profissional. O Velho, não: era incompetente na maldade, essa a verdade! Então se contentava com a mesquinharia, a inveja e o veneno miúdo do falar-mal.

E a vida foi rolando.

Mal sabia ele, porém, que "palavra falada e flecha atirada não têm retorno". De tanto ouvir veneno pela orelha, a família não aguentou. E foi deixando o Velho sozinho...

O primeiro a dar no pé foi Ronival, filho mais velho. Com desculpa de seguir carreira na Marinha, tratou de conseguir posto em litoral; de navio, passou para a costeira, daí foi fazer curso no Nordeste e de lá seguiu rumo ao sul do país, criou família. Às vezes, mais de ano não enviava notícia. De começo, ainda vieram fotos de netos.

"Bichinhos feios... Também, Ronival foi casar com preta: deu nisso", dizia o Velho. Sabe-se lá se essa história chegou aos ouvidos do filho, mas, se a visita já era rara, minguou de vez. Nem em correspondência o Velho botou mais os olhos.

A filha foi a segunda a partir. Para alegria disfarçada do pai, Mariana casou de barriga. Grandes momentos de falatório! "Não disse? Moça que folga muito acaba no abandono." "Pai, mas o Rodrigo vai casar, só está esperando firmar no emprego." "Casamento apressado, sem nada, na miséria." "Tenho enxoval pronto desde os 15 anos, pai, sempre trabalhei e juntei meu próprio dinheiro." "Casar forçada, sem amor pelo marido." "Amor até demais; nem deu pra esperar, pai."

Então se Mariana impedia a intimidade da tragédia, o Velho tratou de exibir a desaprovação pela rua e vizinhança. Tanto falou mal do futuro genro e da filha que até fofoqueiro de longa data começou a fugir de encontro. Foi O assunto, por meses! E, quando o casório aconteceu, o Velho não foi convidado.

— Melhor! — disse ele. — Filha desnaturada, só prova o quanto arrasou com o coração do próprio pai.

O mais novo, Lourivaldo, era moço sensível. Morou muito tempo com a família, adorava dona Mercedes. Tanto adorava que levou a mãe consigo, quando conseguiu a bolsa de estudos no exterior, nos States. Mercedes morreu por lá, ataque fulminante. E, por mais que o filho mandasse passagem e telegrama, o Velho não arredou pé:

— Arrenego. Os dois fugiram de mim, agora vêm de conversinha? Que a falecida fique lá por seu canto e que ele enterre a ingrata na própria terra dos gringos. Aqui é terra boa demais pra quem desprezou a família.

"Família" era ele, claro!

Tem um dito do meu tempo que reza: "Está com dó, leva pra casa". Quem levou o Velho sozinho pra dividir teto e fazer companhia? Quem teve piedade ou dever levado tão a sério que achou justo aguentar os anos de fim de vida do papai, vovô ou titio e encarou o dragão?

Ninguém.

E foram anos em que o Velho se descobriu efetivamente sozinho.

Mas, pra ter sinceridade, ele bem que gostou.

Era mais do que assunto, nos momentos em que agarrava um ouvinte: de como fiz tanto por todos, de como o mundo é injusto com quem conserta os desconsertos do mundo.

E, nesse compasso, dá-lhe assunto!

Falava mal do destino e da família, os ingratos! E nunca agradecia por ter filho doutor, netos saudáveis, gente estudada e feliz nos próprios caminhos seguidos. Nada disso bastava. Se não era ele quem indicasse o rumo, qualquer opção dos familiares era lixo e sofrimento.

Falava mal das memórias, desde o casamento com a mulher escolhida até empregos, sempre em crescente: nunca uma grande demissão, um bota-fora. Roía as lembranças com a mágoa chatinha de rato que rói o miolo do pão e só deixa sobrar a casca fina do ressentimento.

Desdizia e amesquinhava o dia a dia, sempre voltado para o como-economizar aqui, o como-guardar ali, o como-segurar lá... qualquer extra, um escândalo! Aumento de taxa ou imposto? Perseguição do governo contra os aposentados. Uma lâmpada que estourava, depois de meses de uso? Material vagabundo, compra barata do dono da mercearia. Uma sopa que azedava, uma lata que vencia, um molho que fermentava? Ah, perseguição contra ele, azares profundos, longos momentos de raiva, de autopiedade e sofrer.

Sendo que nunca sofreu *de verdade*, sendo que nunca percebeu o quanto sua vida era sorte, diante da vida dos outros.

Se é que enxergava a vida dos outros.

Mas um dia...

Porque na vida tem disso, xará. Sempre tem *mas*, *até que*, *desde que* e os *finalmentes*.

Certo dia, o Velho acordou meio estranho. Foi botar os pés fora da cama, tentando lembrar quanto de leite sobrara da véspera e, num instante, num pequeno instante...

Não lembrou para que lado ficava a cozinha. Esquerda ou direita? Um zumbido nas orelhas... para lá era o banheiro. O corredor comprido, a porta de madeira pintada de verde. Isso! Banheiro! E do outro lado, o corredor abria portas para os dois quartos e...

Mas *como era* a cozinha? De que lado ficava a geladeira, onde guardava o pó de café, as latas de mantimentos, onde ficava a porta dos fundos, por onde saía o cachorro?

Qual era mesmo o nome do cachorro?

Um suor grosso na testa, a dificuldade em reunir saliva e engolir. Apertou a testa com dois dedos e percebeu que eles pareciam gelatina.

— Generala! — a voz saiu alta, satisfeita.

E a dúvida: isso era nome de cadela, uma falecida cachorra batizada pela esposa, ela que gostava de botar patente em bicho de estimação. Veio a certeza: agora possuía um cão, mestiço de pastor; era mesmo bicho velho, estava ali desde os tempos em que a mulher ainda vivia e morava com ele, na companhia do caçula — foi lembrar do filho Lourivaldo e gritar: “o traidor dos States!”. O cachorro era da casa quando o menino ainda tinha o seu quarto e

Qual era mesmo o quarto do filho?

O gemido saiu tão fundo do peito e tão abafado que virou ganido. Até assustou o cachorro, e o bicho ficou imitando o grito pelo quintal.

E nada.

Olhou em volta. Tinha a porta, o corredor. Até aí, ia bem. O corredor dava fundos para a cozinha e abria mais duas portas no caminho. Uma delas, a da menina. Ronival foi embora há tanto tempo, o quarto ficou apenas para o caçula e

Como era o quarto do caçula? O que o filho tirara de lá, o que o Velho colocara no uso do dia a dia? Era despejo, era dispensa, era vazio de vez, era, era o quê?

Não lembrava.

Mas era fácil! Calma, muita calma nesse momento. Coisa simples, bastava sair da cama, andar até a porta, pegar o corredor e conferir. Só isso. Conferir.

As pernas demoravam a obedecer...

Isso era novidade: o corpo desobediente e as ideias confusas.

Muito leve, um zumbido nas orelhas. E, diante dos olhos, um enxame de luzes pequenas encobriu o ângulo de visão.

O peito disparou, em medo. E o medo ficou pesado, coisa ruim a ser carregada com cuidado entre seus dedos.

Pela primeira vez em muitos anos, o Velho achou que não era boa ideia morar assim solitário. Pela primeira vez, sentiu sinceridade em reclamar da distância dos parentes.

— Isso é coisa que se faça, largar um velho sozinho na casa! Bando ingrato, desnaturado, maldição!

Maldizer a família lhe trouxe um pouco mais de conforto. Aos poucos, o peito acalmou e as luzes deixaram de desfocar o adiante. Para ajudar, o cão latiu no quintal. “Capitão!”, veio o nome na memória. Chamou:

— Capitão, menino! Tudo certo, Capitão?

O cachorro latiu mais alto, em reconhecimento, e o Velho moveu a cabeça com um gesto de confiança. Levantou com certa firmeza e foi levar o dia, mas não mais como nos outros dias.

Pensaria muito no assunto. E mais pensou, quando encontrou o Garoto.

Por essa hora, vale a pena apresentar o Garoto. Toda história tem um começo, mas nem todo começo de história tem de ser o começo de tudo.

Se fosse pra ir ao começo de tudo do Garoto, a gente mal virava a esquina do tempo. Ele nem cumpriu as duas décadas da vivência. Mesmo assim, viveu muito. Só que não estou com vontade de lembrar dos antigamentes; prefiro contar do Garoto pegando ele agora: é uma tarde quente, a rua está vazia. E, como ele viu que a rua estava vazia, improvisou a droga na lata.

Sabe o que é isso? Não sabe? Deixa explicar. E deixa dar meu aviso: aqui tu não vai encontrar, na minha história, detalhe do mundo cão.

Quando se fala em droga, é fácil, xará, mostrar a degradação. Tem cara que pica veia do tornozelo, com agulha lavada em água de privada. Tem cara que bebe perfume e loção de barba, se fica longe de álcool, internado em clínica de desintoxicação. Teria até mesmo história de morte, por causa de baseado que foi enrolado fininho e nêgo achou que era sinal de desconsideração.

Mas aqui não, tá limpo. Nosso Garoto vinha sim numa fissura danada, mas ele nunca botou crack na veia. Era ainda da esquadrilha da fumaça.

Dava sua hora de fumar, estava de cabeça doida, curtia o desejo desembestado de tem-de-ser-agora-e-já, então tratou de se aliviar na rua mesmo. Catou no lixo uma lata vazia de refrigerante, amassou no pé. Usou um prego torto pra formar uns dez furos, de um lado do alumínio. Colocou um tanto de cinza e a pedra de crack em cima desses furos e acendeu. Quando a fumaça saiu boa, começou a pitar na outra ponta, evitando cortar a boca no afiado do fecho de metal.

Aí respirou fundo, chegou o alívio, e o mundo voltou a sorrir.

Mas usar assim, que coisa! Só se fuma desse jeito em hora de correria. E aí? O que tinha acontecido, pra levar Nosso Garoto a consumir desse jeito, no afobado, inseguro? Não tinha lugar no mundo, "família", mocó, proteção?

*Tivera*, xará.

Os olhos do Garoto vidraram. Diante dele, a rua deserta. Mas enxergava mesmo eram outras coisas...

A história do Garoto. De de tarde.

A seguinte: ele e mais três montaram um *churro* na praça da Sé. O churro é um golpe bem simples. O grupo escolhe uma vítima, de preferência um vovô meio lerdo com calça de bolso mole. Aí, na hora da multidão, um colega empurra, outro bota a mão no bolso do cara e vem um terceiro ajudar — fica mesmo é de segurança no mané e mais impede do que incentiva a corrida.

Era isso, um churro, que o Garoto e uns comparsas faziam de tarde. Garoto e Meleca deram a limpa nos bolsos de um coroa branquelo, de topete grisalho e barriguinha afunilada. Panca de ex-milico, mas isso eles não sabiam. O velhote levou a rasteira até com dignidade. Nem se pôs a berrar como um maricas, nem injuriou a humanidade. Soltou palavrão em voz baixa e ouviu a solidariedade do Porpeta, um mulato de metro e oitenta, de bochecha mole e marca de espinha velha sujando a cara:

— Oh, meu senhor... que coisa, meu senhor, os trombadinhas... o senhor perdeu muito?

Aí o velhote deu uma geral no Porpeta e achou que era interesse demais. Os moleques — aqueles a quem batizei de Garoto e Meleca — escafederam-se fazia tempo pela multidão. Só o Porpeta ali, na conferência do produto. Então o velhote suspirou, alisou a jaqueta por cima da calça de pano, soltou:

— Tu nem imagina, cara! Tinha assim uns oitocentos paus naquele bolso... todo o dinheiro da aposentadoria.

— Poxa, meu senhor! — O Porpeta era grande e negro, mas o apelido não era à toa: meio mole por dentro da cabeça. Acreditou. — Que azar...

— Pra se ver. Será que consigo de volta? Se eu pegasse os moleques, eu...

— Ah, difícil. Aqui nessa praça a coisa tá um horror...

E lá se foi o Porpeta, desfazendo da segurança da praça, se despedindo do coroa, paz e bênção, melhor sorte, adeus. Foi ele se afastar, o velhote sorriu. Quem ficou por lá ouviu. O cara acendeu cigarro, andou até a banca de jornal:

— Oitocentos paus, que nada... tinha vinte e poucos. Mas, se o grandão era cupincha, botei veneno na divisão do roubo. Veneno de rato.

E riu.

Não foi nada engraçado quando o Porpeta se encontrou com os moleques e cobrou a parte dele. Eu estava lá, mas podia dizer alguma coisa? Malandro lá ia acreditar em palavra de anjo?

— Cadê? — disse Porpeta, virando e revirando as notas de dez, cinco e dois.

— Cadê o quê? — Meleca fungou comprido; o ranho não cabia no nariz quando estava nervoso.

— O resto da grana, meu... o velho falou, ó, levou o maior chapéu, tinha mais de oitocentos paus.

— Que grana, meu! — insistiu o Meleca, pegando o dinheiro da mão do colega e revirando as poucas notas. — Era esse pixulé mesmo...

Porpeta só ficou olhando. E olhando de novo, da cara de um pra cara do outro. E para o dinheiro.

— Papo dele, Porpeta. Quis enfeitar o assalto. Tinha uma merreca no bolso.

E foi aí que o Nosso Garoto marcou bobeira: botou a mão no braço do Porpeta. Em cima da tatuagem de águia.

Porpeta parou. E devagar deixou o olho na mão do Garoto. Assim como se estivesse entendendo... depois, o olho foi subindo pelo braço dele, pelo pescoço... quando ficaram enfim olho-no-olho, a pupila estava reta e dura, igual à da própria tatuagem da águia.

Garoto só percebeu tarde demais. Porpeta deu um golpe com a mão e apertou cinco dedos na sua bochecha; ele ficou com boquinha de peixe pedindo ar.

— Só isso, cara? Merreca? Então come. — Meteu o bolo de notas pelo bico apertado que era a boca do Garoto e riu, ouvindo o engasgo. — Tu só me aparece quando tiver o resto.

— Quê-isso-quê-isso-quê-isso, Porpeta!

— Tu sabe o que é isso. — O olho dele sem brilho, que nem de tubarão. — Quero oitocentos paus. De tu e dele. Senão, nem quero ver a cara.

Primeiro, era maldade. Até um cara burro como o Porpeta devia saber que a grana não existia: os cupinchas iam ser doidos de esconder dinheiro dele? Mas, segundo, era pra ser levado a sério: bem que o Porpeta gostava da ideia de fazer os dois de escravos, no faz de conta da grana. E, terceiro, pra escapar daquela sina, era hora de um cara esperto dar no pé, fugir, escafeder-se, sumir no mapa. Mas e o medo? Porque nessa hora, mais que medo de surra, de ameaça ou até de morte, veio bater na cabeça do Garoto a fissura. Só a ideia já doeu: se afastar da turma era se afastar da droga. Era a dor que doía antes de doer, e que ia doer de noite, noite comprida, pra se rolar que nem bife cru na chapa.

Enquanto andava, por dentro e fora do Garoto se agitou toda a roda-gigante de sentimento. Do medo foi pra raiva: "Velhinho mais filho da...", e xingou o velho um tempão. Da raiva, foi pra dor: "Que miséria de vida, porque o churro não rendeu mais grana? Se tivesse dinheiro bom e droga farta pra todo mundo, o Porpeta não invocava nem exigia escravidão...". Aí bateu ódio: "Ah, se eu fosse forte. Se fosse grande, pegava o Porpeta e metia espetado num garfo!". Até o gesto de espeto o Garoto fez, diante dos olhos. E riu. Imaginou o colega como um gordo bolinho de carne, revirando no braseiro do inferno, imagem igual à de um desenho animado — e a lembrança foi tão forte, tão bela e tão tola que ele gargalhou um tempão...

Por essa hora, o Garoto entrou na rua da casa do Velho. Ele se imaginou sozinho e fez a operação-droga-na-lata. Mas depois da droga, começou a achar de novo que tinha alguém de olho nele, vulto detrás de um poste.

Mas veio a outra Voz, a do tudo-bem, a do você-tá-salvo, e assoprou em seu ouvido: *se for gente, e daí?; se viu, se não viu, problema dele; você tá bem, tá na sua...* O Garoto deu de ombros, e forçou tanto o gesto de dar de ombros que de repente esse levantar e descer ficou muito, muito engraçado.

Engraçado a ponto de gargalhar... de rir tanto, de até lágrima pintar no olho.

— Isso é noia. — E riu... — Noia, isso é noia, noooia mesmo. No-o-o-o-o-i-i-i-ia-a!

Quando a palavra abriu caminho pelos neurônios, xará, ele deu um riso de satisfação para comemorar a própria definição da coisa: *noia* era paranoia, o medo besta, irreal, mas que parecia verdade. E o Garoto achava sim que estava sendo seguido. Depois caiu em si, a voz boa explicou: *Imaginação. Vendo coisas, era isso, cara, nada disso era verdade.* Nada real. Nada de ter um cara grande como o Porpeta no seu rastro, nada de pedir desculpas, implorar pela vida, escapar da porrada, que era isso que o Porpeta tinha prometido e... ah, mermão! Quando o Porpeta prometia uma coisa, era tiro certo. Ele fazia.

Entre o alívio da assumida paranoia e o medo da própria, o Garoto pensou em recorrer a uma nova dose, a do esquecimento. Mas fazer isso na rua? Desprezava bêbado ou drogado que se apagava em calçada. Ele, não! Tinha orgulho. Pelo menos, se encolhia com outros meninos debaixo de marquise de prédio. Preparou a lata, encostou o corpo na parede. Era o jeito. Se apagasse, já era, ao deus-dará.

E Deus deu. O olho bateu no sobrado em frente. Podia ser efeito da noite ou da luz do poste — começava a escurecer —, da imaginação ou da paranoia, mas bem que tinha uma portinha enfiada na parede, aberta feito boca de banguela.

O Garoto respirou fundo, agarrou melhor a mochila nos ombros — toda sua propriedade cabia ali: chinelo, isqueiro, toalha de rosto, gilete, uns troços velhos que pegava na rua — mediu a distância até o buraco... era só passar o muro baixo, encarar o quintalzinho, nada de garagem de carro, era quintal mesmo, com grama seca em vez de jardim e...

Seria muita sorte o buraco ser espaçoso. *Era.* Mais sorte, se a grade do porão estivesse destrancada. *Estava.* Sorte demais ainda, se o porão fosse baixinho e dispensasse uma escada...

Sorte *mesmo*: bateu o traseiro no chão úmido, ainda teve clareza de encostar a mochila na parede, aspirar com força o ar cheirando a mijo de gato e tijolo molhado. Era um teto!

Não seria dessa vez, ainda, que o Garoto dormiria ao relento.

Mantinha a dignidade...

E durante toda essa manobra, o Garoto se supôs sem testemunha.

Mas ali, na janela do sobrado, o Velho presenciou tudo. E bem que teve uma ideia.

Juro que eu não tive parte nenhuma nessa ideia. Nem no plano que o Velho bolou, durante aquela noite, pra convencer o Garoto.

# O Velho, O Capitão, O Garoto... e o danado do destino

> “Para os que entram nos mesmos rios,
> correm outras e novas águas [...] Não se pode
> entrar duas vezes no mesmo rio.”
> (Heráclito)

— ELE AINDA DORME! — O Velho olhava dentro do porão, meio corpo metido pela abertura. — Juventude de hoje! Como se pode contar com ela, não é mesmo, Capitão?

O cachorro quieto, na dele. Manhã alta. Seu dono já estivera ali outras vezes, conferindo o inquilino. Mas dessa vez, quando viu o chefe ultrapassar o batente, latiu, dando aviso.

— Eeeeh, vem comigo, então. Desconfiado! Sei cuidar de mim mesmo, Capitão. — Apontou bem-humorado para a bandeja, pousada no chão. — Você bem que podia me ajudar carregando isso aí...

Riu, dentes amarelados e grossos que nem marfim velho. Entrou com dificuldade pela abertura, seguido pelo cachorro. Pararam diante do Garoto, enroscado, feito trouxa amarfanhada.

— Tá na hora dele acordar, Capitão.

De resposta, o cachorro bufou, e no porão fechado, o eco transformou o bufo num rugido. Mesmo assim, o hóspede sequer se mexeu.

— Como dorme esse Garoto! — reclamou o Velho.

O cachorro concordou, num latido breve.

Mas posso afirmar que aquela concordância era erro grande, porque nem o Velho nem o cachorro acertaram: o Garoto não dormia. Ele *parecia* dormir, sono dos anjos. Mas...

Ele *se afogava*. Na cabeça, um sonho. E no sonho, um poço. Podia ser que no real fosse só o cheiro molhado do porão, mas o Garoto sonhava que em volta dele havia uma parede alta de tijolo. A parte debaixo do corpo estava dentro d'água, os pés formigavam de cãibra e a barriga estava molhada por dentro e por fora, as tripas também eram feitas de água.

Já a parte de cima do corpo estava seca. As mãos cutucaram as paredes do poço. Braços, peito e rosto pegando fogo... e ele esfregou as mãos no tijolo e só conseguiu arrebentar as unhas na pedra. Calor, tanto calor que por qualquer coisa a pele ia secar de vez e estourar que nem casca de amendoim torrado demais, bastando relar a unha que *tec*! Já era.

Ele já era, o Garoto já era. E ficava. Nem subia nem descia, nem saía da água e nem mergulhava. Enquanto raspava as unhas nos tijolos, pensou em meter de vez a cara na água e se afogar: quem sabe era só sono, escuro e fim?

E se não fosse?

Mas lá de cima do poço, um resmungo. Uma luz, um cheiro... muito de leve, o Garoto sentiu cheiro doce. Era bom. Nem parecia vir do poço ou do sonho ou do escuro. E, por causa do cheiro, mais do que da luz, ele devagar abriu os olhos.

Sabe assim quando se olha vesgo e se veem duas caras misturadas?

Foi isso que o Garoto viu: o focinho peludo + o bigode grisalho + olho aguado de cão + olho azulado de velho. E teve um susto. Sentou depressa, puxou a mochila pro colo:

— Desculpa aí... tô indo.

— Indo pra onde, filho? — o Velho riu.

O Garoto ficou olhando e o Velho riu de novo, daquela cara amarrotada do Garoto e do medo que começava a se mostrar nos olhos, junto com compreensão.

— Embora. Aqui não é do senhor?

— O porão de casa, exatamente. Que você invadiu ontem de tarde.

— Invadi nada, tio! Eu *durmi*, não peguei nada não.

— Não sei, invasão é invasão. E se eu chamasse a polícia? Aliás, e se eu já chamei a polícia e só estou aqui pra não te deixar fugir?

O Velho dizia essas baixarias, mas agradava o cachorro, quase-ria. O Garoto, desconfiado...

O Velho puxou um guardanapo de cima da bandeja pousada no chão. E o Garoto entendeu que o cheiro do sonho não era faz de conta: bife, macarronada e purê soltaram perfume no ar.

— Está com fome?

— É pra mim?

— Se você quiser.

— Mas o senhor num chamou polícia? Num quer me botar pra fora?

— Sossega, Garoto. Come. E vamos conversar...

Se havia uma coisa que a vida ensinou para o Velho era nunca incomodar alguém que come. Ainda mais se a intenção era interesseira. Então o Velho ficou olhando o Garoto: ele comia feio. Boca nervosa, enfiava o garfo com força no prato, levantava os fios e metia aquilo tudo goela abaixo, mastigando de boca aberta. Os olhos passeavam pelas paredes, pela comida, pelo cachorro e, muito depressa, pelo Velho — nos momentos em que achava o cara distraído. Olho-sem-piscar-no--olho, jamais.

E o Velho teve dúvidas: dava para confiar nele? Tão magro, sujinho. A pele branca, com manchas escuras nas bochechas e no queixo, marca típica de subnutrido. O cabelo crespo e amarrotado, massa castanho--claro formando uma touca por cima da testa bem alta. Os olhos eram grandes, pestanudos, de quem poderia ser inteligente, se quisesse. Aliás, tinha de ser, senão não sobreviveria. Não com o tipo de vida que levava. Mas... dava para confiar? Até que ponto? Então o Velho fingiu que se distraía em alisar o pelo de Capitão e deu um tempo.

E o Garoto? Se havia uma coisa que a vida ensinou para ele, era esperar o ataque sem antecipar movimento. E aceitar o que de-bom lhe viesse. Naquele momento, a comida era o de-bom. O fato do Velho querer papo, também: se tivesse polícia no meio, já estaria lá. Se o Velho estivesse com raiva mesmo, teria soltado cachorro, berrado, xingado... nada disso.

Então comia e esperava. Olhar, olhava, mas não conseguiu ler, por nenhum instante, os olhos do Velho. A rua te ensina isso, xará: a ler os olhos dos outros. E ali não via nem perigo nem ameaça. Mas também não viu o menor traço de piedade: afinal, o que o Velho queria dele?

Então o Garoto abriu conversa. Empurrou o prato de lado, viu os doces embrulhados na bandeja, apontou:

— É pra mim?

— Tudo isso, pra você. Estava com fome, hein?

— A comida é boa... sua senhora que fez?

— Sou viúvo.

— Que pena, vovô.

— Pena, por quê?

— Do senhor ser sozinho.

— E quem disse que eu moro sozinho? Investigou minha casa antes? Quer roubar, é isso?

— Imagina, vovô! Falei por falar. — Pegou os doces e ficou em dúvida se não era melhor meter aquilo no bolso, dar no pé.

O sorriso do Velho acalmou um pouco o ambiente.

— Morar sozinho não é ruim. Até gosto. E depois, não tenho companhia? O Capitão.

— Capitão...?

O Velho indicou o cachorro, alisou o pelo.

— Esse meu amigo.

O Garoto riu.

— Capitão, que nome... meu pai tinha um cachorro também. O nome era Piloto. Piloto e Capitão... cada nome que gente bota ni bicho, né, vovô? Um Piloto que nunca andou de avião e um Capitão...

— ... que não comanda tropa — completou o Velho. — Era Mercedes que gostava de nome assim pra bicho. Teve uma cadela Generala. E um Major, pastor-alemão.

— Esse Capitão não é invocado não, né, vovô? Tem cara de bom menino. Menino, menino, meninão... — Estalou dedos, o cão aproximou o focinho.

E o Velho achou que já era o momento de dizer o que queria.

— Bicho é companhia mas não fala. E tem hora... — fez uma pausa.

Que ficou comprida, silêncio. Até o Garoto achar que adivinhava o que o Velho queria:

— E o senhor tem saudade de conversa, né não? Com gente de verdade.

O olhar duro:

— Eu lá preciso de conversa fiada com os outros? Imagine, coisa besta! Perder tempo...

E desancou por meia hora a ladainha de fel com que atacava os ouvintes: de como os filhos se foram, dos netos que nunca via, da falecida enterrada nos States, do quarto fechado do caçula e nessa hora... nessa hora lembrou do medo e da dificuldade da véspera.

— ... só que bicho não sabe pedir ajuda.

— O senhor tá precisando de ajuda, vovô?

— Ontem achei que estivesse.

Contou das luzes diante dos olhos, da paralisia das pernas, da desmemória com as coisas da própria casa.

O Garoto ouviu profundamente, porque sacou que estava ali o eis-por-que de tanta gentileza do Velho.

— Hoje estou bom — o Velho mentiu —, perna forte, braço firme. Até foi fácil entrar aqui no porão, não foi, Capitão? Trazer bandeja, ó, carreguei sozinho. Sem derrubar.

O Garoto confirmou, sim, que o Velho estava esbanjando saúde.

— Mas... entende? E se acontece de novo? Em outra hora? Que nem dê pra chegar no telefone, ou gritar pelos vizinhos? E aí?

De novo o Garoto confirmou, sim, que era algo terrível de acontecer. E esperou. Pela proposta.

Como ela não viesse, atreveu-se a antecipar:

— Vovô, o senhor tá dizendo que quer companhia? É isso?

— Companhia! — rugiu o homem, feroz, como se a palavra fosse ofensa. Mas teve de reconhecer, humilhado: — Seria bom. Ter ajuda, alguém por perto.

Ah, então começavam um entendimento! O Garoto sorriu.

— Alguém por perto... — repetiu. — Quer que eu more na sua casa, vovô?

Os olhos do Velho chisparam. E a amargura antiga saiu inteira, em jato quente:

— Ouça aqui, moleque. Nem pense em morar na minha casa. Minha casa é boa demais, é só pra gente. Ou pro Capitão... — Alisou o pelo do cachorro e deu o golpe. — Se quiser, é pra ficar aqui no porão. O que vou fazer é uma campainha, assim encostada na minha cama, que liga pra cá. Se precisar de ajuda, eu chamo. E você atende.

Pratos limpos, o Garoto pensou em mandar o Velho praquele lugar, mas mordeu os lábios e também negociou:

— Em troca do quê, vovô, morar aqui? Um prato de comida?

O Velho riu:

— E não tá bom? Você tem disso, por aí? Comida que dá em árvore?

— Comida não dá em árvore, vovô, mas também não tem responsabilidade.

— Olha como ele fala, Capitão! — Arremedou: — Res-pon-sa-bi-li-da-de... eu vi bem a sua responsabilidade ontem. Não entrou aqui no porão, escorregou. Mais maluco que...

Mas brecou aquele assunto, porque leu nos olhos do Garoto o quase-escapar. Então suspirou fundo, fez contraoferta:

— Posso ver, aí, um dinheirinho.

— De quanto, vovô?

Barganharam por longo tempo. E nem era coisa da grana. Era conhecimento, ver vantagem no que estaria por trás de tanto lero-lero. As palavras saíam das bocas, mas nas cabeças as ideias iam soltas, disparatadas que nem barata cascuda voando em noite de verão.

O Velho já antecipava um pequeno escravo, com compras a fazer, defeitos a arrumar... Pintar a casa, consertar torneira, trocar lâmpada e botijão... Não planejava pagar muito — quiçá, nada — e a cada minuto aumentava as possíveis tarefas do seu hóspede e talvez-nunca-enfermeiro.

O Garoto ora concordava com a cabeça, ora fazia uma careta com a boca, e se via assim assumindo a casa, dormindo em quarto, comendo do-bom tirado da geladeira, pegando a grana do Velho, ele devia ter louça, aparelho doméstico, mobília que rendesse grana — quiçá, vender bagulho por aí — e a cada minuto ele mais se arrumava na parceria com o Velho quase-patrão.

Entre o que falavam e o que planejavam, chegaram enfim a um acordo.

— Então é isso? Durmo aqui no porão, mas se precisar, atendo sua campainha, vovô?

— Sabe de uma coisa? Não gosto que você me chame de vovô.

— Tudo bem, tudo bem, tio. Vovô. Sei lá, diz aí do que o senhor gosta de ser chamado.

"Velho safado, muquirana, folgado, queria ver sua cara, quando sumir com metade das coisas da casa", pensava o Garoto e sorria.

"Moleque folgado, dissimulado, drogadinho sujo, quero ver sua arrogância quando acabar com essa preguiça na marra", pensava o Velho e concluía:

— Só não me chama de vovô... Então, estamos acertados?

— Como o senhor quiser, general.

Desse nome, o Velho até que gostou. E eles quase apertaram as mãos, no arremedo de acordo e sinceridade.

Falei, falei que tu num ia gostar deles! Falei que era gente ruim, alma sebosa, não falei?

Mas tu quis ouvir a história deles, queria saber como era a vida de Anjo, que tipo de tarefa se cumpria e foi e veio, patati-patatá, agora não reclama! Ouve a história.

Bom, tu já percebeu que aquilo não era acordo de cobra com passarinho. Nenhum deles merecia medalha de bom-garoto. Era encontro de peçonha, cada um com seu tipo de maldade. E nenhum tinha intenção de cumprir lá grande acordo...

O Garoto bufou, gemeu, reclamou, mas acabou colocando campainha e luz berrante, que despertaria defunto, no teto do seu porão. E o Velho, ainda que muquiranasse com a comida e com a grana, também não descumpriu o prometido naqueles três primeiros dias. Tudo na santa paz do Senhor.

Porque só através Dele, xará, que um tal acordo podia dar certo. Era coisa transitória... o Velho achava que logo-logo ia dar um pontapé no traseiro do garoto. Afinal, o mal-estar era coisa-à-toa, alarme falso, em breve dispensava o ajutório. O Garoto só maneirava no furto porque tinha algum estoque de substância e queria mocozar bem o ambiente, sair dali no bonito.

Ninguém era amigo de ninguém.

Estavam só dando um tempo. Só isso.

Só que o tempo a Deus pertence...

E teve um dia. Aliás, uma noite. Noite alta, em que a luz do porão acendeu, de repente. E a campainha despertou até o defunto que seria o Garoto, dali a pouco, tão-logo preparasse a dose da noite.

"Velho mais filho da...", reclamou. "Outro teste", imaginou, porque isso já tinha acontecido antes. No primeiro dia em que instalou equipamento, o Velho tocou de propósito, esperou pelo Garoto metido no pijama, relógio na mão, marcando minuto e segundo e reclamando da demora.

O Garoto, estremunhado, teve de saber onde buscar endereço, como ligar pra central, dar número de plano de saúde, como falar, quê pedir. E o tempo todo, o Velho na marcação cerrada, no nhe-nhe-nhem, na cobrança.

— Vou nada. — O Garoto virou de lado, coçou uma pereba na perna, fungou e limpou o nariz. — Perder sono com um babaca.

E a campainha tocando...

Virou do outro lado.

— Chega lá, vai rir de mim, "demorou, onde é que tava, eu tô pagando", pagando! Só quero ver a sua cara, quando limpar o armário — falava com a campainha. — Tem até coisa de prata, pensa que num vi? Pensa? Vai ver só. "Só não me chama de vovô" — arremedou mais ainda, entortando a boca pra frente em bico de pato e os olhos, apertadinhos que nem de oriental. — "Num sou avô de drogado, num tenho neto de rua, pivete!" Agora, chama, né? Agora...

Sentou no colchonete, alisou o cabelo pra trás... e se fosse o *agora*?

— Nada, cara, mentira do velho. Num consegue dormir, vem provocar. Explorar o pivete, só isso — gritou para cima, bateu na parede: — Vai dormir, vovô, num enche!

E a campainha tocando...

Bufou. Tinha acordado mesmo...

— Já vou, vovô, tô indo.

"Se ele ficar rindo da minha cara, assim sentado na cama e me olhando, meto a mão nele", saiu pelo buraco do porão.

"Se ele vier com papo, 'onde tava, demorou', juro que cuspo no copo da dentadura" e riu, porque a ideia era engraçada, e pegou a chave de emergência por trás do tapete da soleira.

"Se ele está treinando o Capitão, coitado dele e di nóis, mas, Capitão, a gente morde o patrão", fez agrado na cabeça do cachorro e seguiu o corredor em penumbra.

— Já vai, já vai, vovô! — gritou para a porta fechada.

"Se ele perdeu óculos e me acordou só pra achar, porque quer fazer palavra-cruzada, eu volto."

Mas não voltou. O quarto do Velho estava escuro, nem o abajur aceso. O cachorro empurrou por trás as pernas do Garoto, entrou também. E ganiu.

Porque o ruído era irregular, assim respiração que vem do fundo do peito e força o ar pra sair. E cheiro... um cheiro ruim, bafo de fruta doce demais, quando apodrece e arrebenta a casca.

— Vovô, o senhor tá bem? — Tentou se aproximar da cama, tropicou nos chinelos do Velho, soltou palavrão, tentou achar o interruptor da parede, acabou ao lado da cama, caçando o botão do abajur.

Quando a luz indireta bateu no rosto do Velho, o Garoto assustou. Um lado do rosto dele parecia mais fundo, mais escuro. Na boca torcida escorria uma baba gorda, misturada com sangue.

— Ôh, tio! Fala comigo, tio...

A respiração do Velho no u-uh, u-uh, puxando o ar em golpinho.

— O telefone, o papel do convênio... — O Garoto lamentou não ter prestado mais atenção naquele dia do teste.

Afinal, revirou gavetas, achou número, falou com telefonista, era outro número. O Velho devagar abriu um olho, fechou, a respiração sempre fungada.

— Eles já estão vindo, vovô. Sossega, daqui a pouco fica tudo certo.

— Nada está certo.

Levou susto, esperava de tudo, menos que o Velho entendesse, ouvisse ou respondesse.

— O que foi, vovô? O que o senhor tá sentindo?

— Nada, nada direito... aqui e aqui. — Tentou levantar a mão. — Tudo parado, esquisito.

— Já chamei socorro, eles vêm vindo, o senhor vai ficar bom. Vai pro hospital, e lá eles cuidam direitinho do senhor.

— Promete. — O Velho esticou a mão e agarrou o Garoto, arregalando o olho pra cima da sua cara.

De repente a mão do Velho ficou pesada pra diabo no braço dele e o Garoto ficou com tanto medo daquele olho alucinado do Velho, que por um triz não sentou porrada nele, pulando pra trás, gritando "*Vade-retro*, assombração", porque a carantonha do homem estava mais para o-do--Além do que pro Vosso-lado-de-cá. E o Velho repetiu:

— Promete.

— O quê, vovô, o senhor tá machucando, vovô, solta eu...

— Eu não quero morrer sozinho.

O Garoto arrepiou *mesmo*! E de medo, medo fundo, porque pela primeira vez sentiu que o Velho falava a verdade.

— Quê isso, morrer! É bobagem, os homes estão chegando, no hospital eles...

— Promete que fica comigo. Que não me deixa morrer sozinho.

— Fico sim com o senhor; se acalma que...

Antes que o Garoto emendasse outras mentiras, o Velho chacoalhou o seu braço, lado e outro, com uma força que deu ainda mais medo que dor. De onde uma ruína daquelas arrancava tanta energia, senão do Outro Mundo?

— Promete. De verdade. Que fica comigo. Que vai estar junto de mim, na hora da morte.

— Prometo.

O Velho aliviou. Soltou o corpo, a respiração ficou mais leve, abriu os dedos — mais que depressa, o Garoto arrancou o braço daquele torniquete — e foi a hora. Ouviram ruído da sirene, Capitão acompanhou a sinfonia latindo, o Garoto correu pra porta, zum-zum de vizinhos, "é por aqui", "dá licença", "sai do caminho", ambulância de porta aberta, a luz vermelha do teto escandalosa e girando. "Foi enfarte? Acidente?", "ajuda a passar a maca", "ele vai ficar bem?", "emergência, avisa o rádio", "vamos indo".

— Pode vir aqui atrás, Garoto — disse o enfermeiro, depois de amarrar a maca com o Velho na traseira da ambulância. — Tem espaço.

— Mas eu...

Ia dizer o quê? Que pretendia dar no pé, cair no mundo, pinote, adeus, nunca-mais e já era?

Ficou lá, vendo a mão estendida do enfermeiro, na ajuda pra subir o degrau do carro. E depois, olhou a rua, por sobre os olhares da vizinhança, bastava um pulo, um tchau, tinha tão pouco de seu mesmo.

— Sobe, vem.

Agarrou a mão estendida, um pulinho, puf, estava dentro do reservado, a porta bateu atrás deles, lá dentro os dois enfermeiros, um deles entubando o Velho em um monte de fio e luzinha, uma máquina brilhava que nem de fliperama em boteco, ouviu a sirene barulhenta, chacoalharam um pouco, "cuidado, motorista, não balança demais", reclamou o enfermeiro, "segura o soro e não deixa o fio enrolar", comandou outro enfermeiro, passando para o Garoto uma garrafa de plástico, o motorista manobrou e acelerou, vrrrruuuummmmm, a sirene ficou mais aguda, o grito dela mais e mais desesperado, "será que o Velho aguenta?", pensou o Garoto, compenetrado em não deixar o fio do soro enroscar, olhando assustado para aquela cara cinzenta do Velho, debaixo de uma máscara que subia e descia, respiração.

— Está tudo bem — o enfermeiro bateu no vidro do motorista, acertando a partida —, pode ir.

Estavam a caminho.

Pensa que acabou? Que era chegar no hospital e "toma lá que o filho é teu", eles assumiam o Velho e acabava a tarefa do Garoto?

Se ele pensou isso, se estrepou. Tarefa, compromisso, pesadelo... estava só começando.

Já na Entrada de Emergência mais e mais gente se juntou em torno do Velho. Tudo gente de branco, ou mais velha ou mais moça, e falavam entre si, e abre olho do paciente, lê papeleta, "deu isso pra ele?", "dei", "reagiu?", "reagindo", "avisa o dr. Camargo", "vê se é caso de UTI", "unidade desativada", "leva pra cá", "não, pra lá"...

Isso, o povo em volta do doente. E era um tal de pegar elevador com meia dúzia de ajudante e descer em andar e empurrar a maca na rampa e o Garoto, indo atrás, sem saber pra onde iam, que não davam satisfação. Até que uma loira aguada deu breque naquela trupe de entendidos: quis saber quem era, o que era, já despachou o enfermeiro da ambulância para a garagem, mandou outra moça para o andar correto, teclou em um computador e se virou para o Garoto.

— Foi você que ligou agora, para a Central?

— F-foi.

— Documentos.

Ele lembrou do envelope, colhido na cabeceira do doente, e passou tudo aquilo pra ela. Nesse momento, o Velho soltou um gemido, o Garoto sentiu que os olhos ficavam ardidos, onde se viu, chorar por estranho? Mas segurou o enjoo, por que não metiam logo o Velho no tratamento, que tanto essa mulher mexia em teclado, que coisa, olha o doente, ele é que vale, dona, vê se te manca...

— Grau de parentesco, quem assina a internação?

A mulher não olhava na cara, só mais acima e mais além. E se por acaso encarasse, teria o olhar mais reto do que o Porpeta no dia do churro. O Garoto por um instante achou que nem nas bocas mais ferozes encontrara tamanha dureza de alma.

— Eu não...

Ia dizer "não sou parente", chegou a enfermeira.

Vozeirão:

— Que é que está acontecendo?

Recomeçou o falatório, a voz da loira acima das outras vozes, mas a enfermeira negra, gorda, decidida, pegou o comando da maca e foi empurrando pelo corredor. Se o Garoto teve dúvida de seguir ou não a mulher, o puxão que levou no braço o colocou em rumo certo. E ouviu ela dizer, baixinho, mas num tom rouco, voz de cantora de boate:

— Burocracia, o que mata o serviço da gente é burocracia, eeeeeh, morre-se mais em fila de espera do que em operação, cala-te boca, vamos acertar essa internação do velho, pode deixar, tudo se ajeita, Garoto, é só ter confiança em mim.

Bamboleava toda, uma mulher grande, sólida mesmo, a roupa branca mal parecia conter tanta carne e tanta energia. E, apesar do tamanho, agilidade de atleta: fazia o acompanhante trotar ao lado em marcha batida. Riu de ver a canseira do Garoto, riso de lábios muito brilhantes num batom molhado e depois olhou pra frente. Quanto mais longe da portaria, mais eles ficavam sozinhos.

— Hoje isso aqui está um inferno, desculpe, nunca se deve falar o nome do Cão que ele aparece, mas é isso sim que virou. Teve acidente, teve emergência, funcionário que não veio trabalhar, aguenta? O Anacleto me falta! E sem dar explicação! — Olhou ligeira pra ele, riu e passou a língua nos lábios carnudos. — Sossega, Garoto, ergue esse queixo, se anima! O vovô fica bom, já vi tanto caso que nem esse, no fim tudo fica bem, olha, estamos chegando, depois dessa porta, tá limpo, entramos no meu setor, sou a chefe disso aqui.

Porta aberta, par em par. Entraram em outro corredor, as paredes muito altas, o teto só era atingido se juntasse a altura de uns dois homens. Luz clara, nada de sombra, e havia frio, também. Um jato frio bafejou no rosto do Garoto e deu arrepio. De ambos os lados do corredor via-se uma dezena de portas de vaivém.

Decidida, num repelão, a mulher abriu uma delas. Entraram.

— Por enquanto esse quarto vazio é dele. — Deixou a maca encostada na cama, alisou lençol, tirou travesseiro. — Você me ajuda a colocar o paciente na cama? Senão, chamo auxílio, mas hoje, já viu, a demora...

O Garoto fez "sim" com a cabeça, segurou a custo um arroto. Tentou não encarar o rosto meio cinzento do Velho, olhou para a mulher. Ela sorriu e fechou o riso, já concentrada em explicação:

— Faz assim, pega pelo lençol e não no corpo. Eu puxo desse lado, você levanta o lençol, o corpo escorrega, pode deixar que aguento, tenho força, depois afasta a maca, tem rodinha, é fácil. Entendeu?

— Sim, senhora.

— Então vamos.

Deu certo, o corpo rolou macio para a cama, o Garoto se animou com a habilidade, a enfermeira cobriu o Velho com o lençol. Nessa hora chegaram dois homens, sempre de roupa branca. Um deles era grande, peludo, careca. O outro, um loiro de rosto angelical, lábios grossos. Cumprimentaram a enfermeira com a cabeça e tomaram conta do doente.

A enfermeira se virou para o Garoto, nem deu tempo de resposta:

— Agora é com eles. É melhor sair e deixar com os médicos, eles vão cuidar do vovô.

O Garoto quase disse "não é meu avô", mas a enfermeira não deu pausa na metralhadora verbal, apontou para um banco encostado na parede do corredor, soltou a risada de gengivas exibidas:

— Vou ver outros pacientes, mas volto logo... por enquanto aqui está bom, você senta direitinho, fica calmo, sou a chefe do setor, já disse, né, falo demais, falo tudo em repeteco, mas acho que não disse meu nome, disse? Não? Que coisa! É Bernardete. Prazer.

Estendeu a mão rechonchuda e não esperou pra saber o nome dele. Deu uma virada vigorosa e seguiu. O Garoto ficou olhando, hipnotizado, seu traseiro bamboleante, e só reparou que prendia a respiração quando soltou o ar assim num jorro, num sopro fundo:

— Ufa!

Que noite!

O Garoto obedeceu à enfermeira, ficou sentado e quietinho um bom tempo. Esperava que na saída os médicos fossem pra cima dele, de pergunta e questionário, mas não. A dupla passou conversando entre si, nem encarou o Garoto. Foi-se. E aí ele se xingou, bicho burro:

— Era eu que devia perguntar! Eles pensam que tu é neto, estafermo. Era tu que tinha de saber da saúde do vovô...

Pensou assim se não era melhor também entrar no quarto, ver o Velho. Mas a enfermeira não mandou esperar? E aí? Entrava ou ficava? Ôh, dúvida! O que se faz com a cabeça, metida em tanta indecisão? Sentiu-se sozinho, muito sozinho. Com frio, naquele corredor de teto tão alto, percebeu como ele estava — chinelo de dedo, camiseta, uma mancha de sujeira no cotovelo...

A voz da autopiedade falou pelo ouvido esquerdo: *coitadinho de você! Largaram você sozinho, é tão bobo, tão mané, nem sabe fazer pergunta; que faz aqui, lugar bacana, com essa roupa, essa cara, pivete drogado, o que tá pensando?* E pronto! Estava aberta a janela por onde começou a bater, de verdade, a necessidade da droga.

Mas aí o Garoto se xingou. Ficou foi com raiva, que dó que nada, por saber o que ele era! *O que tu tem na cabeça?*, falou essa voz. *Nada merece na vida, coisa à toa, coisa ruim. Pensa que eu não sei o que tu pensou, o tempo todo? Pensa que me engana, que sofria pelo Velho, que mesmo na correria, na ambulância, no morre-não-morre do Velho, em todo e qualquer instante, lá no fundo da cabeça, tu não ficava com A ideia?* Latejando... cutucando, perguntando... *Quando vai dar, pra droga? Em que hora tu escapa e fuma? Tu não trouxe a pedra, bicho burro, tem de voltar ao porão... e vai dar pra ir, quando? E se alguém perguntar o que vai fazer, digo, digo que esqueci coisa lá na casa, é isso! Por isso volto mais tarde e*

E nessa hora, ele reparou que acendeu uma luz vermelha acima de uma das portas vizinhas.

Foi ver a luz, achou que era por culpa dele.

— Eu não fiz nada! — gritou. E bateu na boca, quando percebeu o grito.

O gesto e o grito mereceram também outra bronca da voz-da--cabeça-que-acusa: *Claro que não, sua besta, por que tudo no mundo tem de ser sua culpa? Aquela luz deve acender a todo instante, por acaso tu estás aqui, desencana, cuida da tua vida.*

E se fosse ver o que era? Podia ser importante. Avisava a enfermeira?... Ela não disse que faltava pessoal? *Vai cuidar da tua vida*, resmungou sua voz ranzinza. Mas dançou. Como nada tinha pra fazer, a sua curiosidade já tinha virado gato. *A curiosidade matou o gato, mas a satisfação o ressuscitou*, disse a voz maneira. E ele foi.

Devagar, atravessou o corredor e ficou debaixo da luz. Tocou na porta de vaivém e, como não tinha chave, ele empurrou.

— Dá licença?

Tinha alguém na cama, coberto por um lençol. No primeiro momento, achou que era criança, tão pequeno era o corpo. O rosto, sumido no travesseiro. Aí reparou que tinha cabelos longos, era moça.

— Dona, a senhora chamou? Posso ver a enfermeira, quem sabe...

Ela virou um par de olhos muito brilhantes e a cara, mesmo assim afundada de magra, brilhava em vermelho e suor. Moveu a mão, com dificuldade, apontando para a parte debaixo do corpo. Depois, parou. Fechou os olhos, como se dormisse.

O Garoto foi até a porta do quarto, o corredor continuava vazio, a luz acesa. Achou que perto da cama tinha algum tipo de campainha, um aviso.

Ela deve ter sido bonita, pensou. Talvez nem fosse muito mais velha que ele, o Garoto.

Reparou que havia uma pequena mancha no lençol, por cima do colo dela. Achou até que era impressão, mas. Devagar a mancha pareceu ir aumentando e aumentando mais.

— O que aconteceu, o que foi?

O vozeirão de Bernardete deu foi susto.

— Eu não fiz nada, eu não sei, entrei aqui, ela estava... — disse o Garoto.

— E o que podia ter feito com ela? É sangramento, não percebeu? — Bernardete afastou a roupa de cama num só gesto e o Garoto gelou.

Uma mancha enorme, escura e úmida, alargava-se por entre as pernas dela. Seus joelhos e pés eram estranhamente grandes, diante de coxas tão ossudas.

E a mancha marrom, na altura dos quadris.

— Virgem Maria! — disse Bernardete. — A sonda saiu do lugar.

— E agora?

— Eu precisava de ajuda...

O Garoto engoliu em seco. O olhar da negra era direto pra ele e mandava mais do que ordem de general. Ela deu volta na cama, empurrou o lençol, foi afofando pano e vestindo luva de borracha:

— Tem medo de ver sangue?

O Garoto, palidozinho, fio de voz:

— Talvez...

— Então segura as costas dela e vira os olhos, mas segura firme, hein?

Xará, e a noite foi longa. O trabalho... sujo e difícil, e a valentia de Bernardete recompensada com a obediência do Garoto.

Enfim...

— Agora sim, ela dorme de verdade. Está tudo limpo. — Apontou para o bolo de lençóis sujos de sangue.

— Ela vai ficar bem?

— Ela, sim. Quem não parece nada bem é você.

O Garoto nem pensou em contradizer a enfermeira, estava no bico do corvo! Olhos pesados, canseira. E se surpreendeu com a rapidez de Bernardete, o jeito dela segurar nas suas mãos e dizer:

— Obrigada, por ela. Você foi valente.

O que ele leu nos olhos da mulher, estranhou. Tão poucas vezes, na vida, viu alguém olhar pra ele com aquele brilho e calor: era um olhar de admiração.

— Agora, vai descansar. Eu termino por aqui. Sabe voltar para o quarto do vovô, não sabe? Perto da janela tem uma poltrona, descansa.

Foi empurrado pra fora.

Abriu bem devagar a porta do quarto do Velho. Por um instante, assustou-se com a ideia de repeteco, ver de novo o sangue, o cheiro... mas não. A expressão no rosto do paciente era calma, a respiração estava em ritmo sossegado.

Achou a poltrona, sentou — deitar era difícil — tão cansado, bateu os olhos na janela, aquele vermelhão era o quê, luz da rua, boate...?

*Boate! Que ideia,* falou a voz-boa na sua orelha. — *Isso é amanhecer, Garoto, isso é luz do dia, a noite já-era, acabou...*

E ele riu. Gargalhou, apertou os olhos com os dedos... porque, por incrível que lhe pareceu, a noite tinha passado. A primeira noite, em muito-muito tempo, em que ele não tinha se drogado.

— Garoto, menino, psiu. Acorde.

Abriu os olhos, e deu com o rosto bem próximo, redondo e convidativo de Bernardete.

— Desculpe.

— Que mania você tem, de tanto pedir desculpa! — As gengivas na risada larga. — Acordei você porque meu turno está no fim. O pessoal da manhã vai chegar limpando tudo, vão querer saber das coisas, já viu... então pegue.

— O que é isso?

Era um crachá de plástico e um envelope pardo.

— Pode deixar que arrumei tudo! A internação do vovô, os documentos, a autorização pra você ficar aqui de companhia pra ele... você tem mais de 15 anos, não tem?

Ele fez que sim com a cabeça.

— Então, tudo certo! Mais tarde, vai ter de assinar a internação, mas se o vovô acordar, ele mesmo assina. Bom convênio ele tem. Sabia que o resgate podia ser até de helicóptero? — riu.

— Helicóptero?

— É, já imaginou, vocês virem voando para o hospital? Voando... Voando...

Ela repetiu e repetiu "voando!", parecia achar graça nessa ideia. Sua risada balançou o queixo duplo e os seios. Continuou:

— Agora você precisa ir. Mas tem de voltar logo pra cá, vão pedir roupa do velho, coisas dele.

— Coisas...?

— É, Garoto! Não entende? Ele vai ficar internado, precisa de pijama, escova de dente, pasta, xampu, remédio, se é que toma remédio... e blusa de lã, camiseta, chinelo, cueca. Essas coisas. Você tem de buscar na casa dele, não é o acompanhante do vovô?

— Mas eu não sou...

— Claro que é! — A enfermeira decidida apertou o braço dele, olhou firme. — Se alguém perguntar alguma coisa, qualquer coisa, mostra o crachá. Entra aqui com o crachá e, se perguntarem, fui eu, Bernardete, que acertei tudo. Tá entendido, Garoto?

Suspirou e confirmou.

— Então vai. E volta logo que puder. — Apontou para o vulto, na cama. — Ele precisa de você.

Meio mole de sono, corpo rangendo em cãibra, o Garoto parou na frente da cama:

— Ele vai ficar bom?

— Ele já está bom. Vai ficar ainda melhor. Agora, vai.

O Garoto ainda deu uma titubeada...

— Ele está esperando você voltar.

O Garoto fechou a porta, Bernardete suspirou fundo:

— E eu também, Garoto. E eu também...

# Que nem pipoca em chapa quente

“Quem caminha descalço não deve
semear espinhos.”
(George Hebert)

NÃO VOU MENTIR. Nem tem sentido mentir, agora que sou Anjo e do-Além, ainda mais para um ouvinte tão atento, como é Vossa Senhoria, mas. Não botei fé. Achei mesmo que o Garoto não voltava ao hospital.

Claro, sabia que retornava à casa do Velho. Não tinha grana pra ônibus, a noite tinha sido puxada, a distância era grande e ia encarar uma bela caminhada; mesmo assim, para aquele sobrado ele voltava!

Mas... pra quê? Fazer o quê, ali sozinho na casa? Ia pegar roupa pra doente, dar geral na arrumação, comida pra cachorrinho, regar planta e depois voltar todo bom-moço pra hospital, em horário de visita, se fazendo de netinho, carinhoso com vovô?

*Se toca, malandro!* Aquilo era alma sebosa, o Garoto era de-rua, churreiro e drogadinho de longa data... Bem que podia ter boas ideias, no retorno. Bem que a voz-boa podia falar no seu ouvido esquerdo aquelas palavras doces: *o Velho precisa de ajuda, tem de levar roupa e coisa pra ele, a enfermeira é gente boa, pelo menos uma vez na vida faz as coisas direito, deu a palavra então cumpre.*

Mas foi chegar na varanda, pegar a chave debaixo do tapetinho, saber que a casa inteira estava à disposição, pelo tempo que quisesse, ah!, que lhe veio a tentação.

E a voz-ruim piscou na orelha direita: *o Velho tem grana, tem família, eles que venham ajudar, problema deles, mermão, cuida do teu, pega o que dá dinheiro, se manda, que é que eles podem fazer, onde te achar?*

Mas no-fundo no-fundo da cabeça, latejava aquela outra ladainha: *Tu prometeu... juramento de verdade em leito de morte num se quebra, palavra dada pra defunto é eterna.* E gritava a voz-do-contra: *Morte, que morte! Aquele Velho é vaso ruim, não quebra, tu só vai fazer papel de besta, perdendo uma chance dessas.*

Mal tocou na porta, Capitão abriu uma latição danada.

— Ei, cachorro! Sou eu...

E aí, encarava? Ia entrar, enfrentar cachorro bravo? Porque o bicho disparou mesmo, coisa de despertar a atenção de vizinhança, bairro e cidade... Capitão, alucinado, dava um latido em rosnado e outro em uivo, gania baixo e gemia que nem menino e depois arranhava a porta — só aquela madeira fina separando os dois — e foi assim longo tempo, sem sinal de calmaria.

— Sossega, Capitão! Vou entrar, vou.

Passou um homem na calçada, parou na frente da casa... era homem novo, não puxou papo, mas manteve o olhar de reconhecimento, do tipo que-quer-saber, que-tu-faz-aqui-malandro, manja esse tipo de encaro? Não abriu o bico, mas colocou presença, deu uma baita dúvida nos arranjos do Garoto.

E no vou-não-vou, o Garoto catou um pau na calçada, para enfrentar Capitão, virou a chave, deu um pulo, entrou na toca da fera.

E *que* fera!...

Capitão alucinou sim, mas de alegria! Lambeu cara, orelha, sovaco, cheirou perna, até arrancou o chinelo numa mordida de brincadeira, botou o Garoto no chão e subiu no peito e disparou de agrado, rabo abanando, ganido de reconhecimento, baba de felicidade, viche! Até xixi ele fez, nos finalmentes da brincadeira, de pura felicidade.

— Eh, pensou que ficava sozinho? Pensou que seu dono já era?, que ninguém mais vinha na casa? Eh, meninão, aí ia ser você e Deus e acabou--se o Velho! Mas que isso, a gente, a gente — fungou, passou a mão pelos olhos, diabo de olho molhado: era pelo de cachorro, claro —, a gente vai salvar ele, você vai ver, logo, logo o Velho volta, mas sossega, pode contar comigo, cachorro bonito, meninão, conta comigo, conta comigo...

Abraçou o cachorro e achou que fedia. Levantou o próprio braço e achou que fedia mais que o cachorro. Então os dois descobriram a banheira e passaram a tarde naquele banho de espuma, com direito a xampu de gente e radinho ligado, dividindo sanduíche de presunto e pão com margarina, até saírem de couro ardendo e perfumados como duas damas da noite em dia que a freguesia recebe contracheque de pagamento!

E, de noitinha, o Garoto voltou ao hospital. E voltou bonito, roupa de gente. Tinha camiseta limpa na mochila. Vestiu. Vestiu também calça comprida, que precisou "emprestar" do Velho — uma danada de uma calça escura de pano mole, cafona pra diabo, mas quentinha.

Era uma surpresa ver o Garoto assim charmoso, xará! E surpresa das boas... porque foi só isso, a calça mole, que o Garoto pegou do Velho. Pelo menos, para si. Porque, para o paciente, foi um capricho! Separou o melhor pijama, tudo do toucador, e blusa de lã e camisa e livro, até revista de palavra cruzada.

— Identificação.

Não era a loira aguada na portaria, e sim uma morena de óculos tão enfezada quanto. Não sorriu de volta quando o Garoto sorriu; pegou o crachá na ponta dos dedos e levou o papel para uma mesa, em fuxico com um chefinho, e cochichavam e olhavam pra ele e ah! Foi dando agonia, foi pintando uma mancha quente no sovaco do Garoto...

Que tanto falavam: era *dele*, *pra ele* ou *contra ele*? A morena, que balançava o crachá na ponta das unhas pintadas de vermelho, gargalhou. O que foi? Era uma grande piada, era isso? Alguém de-rua assim se fingir de neto do Velho bacana — como foi mesmo que disse a Bernardete: "bom convênio, helicóptero"?... Então a voz-boa lembrou da enfermeira, do que ela também falou, "Se perguntarem alguma coisa, qualquer coisa, mostra o crachá". A Bernardete defensora, a enfermeira protetora, não era assim? Aquele mulherão decidido, uma chefa de setor... e não olhou pra ele com fé, não elogiou sua valentia, não agradeceu a coragem?

Foi a confiança dos novos tempos, essa que falou. Mas o Garoto tinha tanto tempo velho de estrada! Foram tantas as vezes em que ele comeu da banda podre da vida, que bastou uma tremida, uma só dúvida, para a voz-ruim gritar na sua outra orelha: *Cai na real, vagabundo! Tu vai confiar numa preta, só porque é Bernardete, é boazinha, é enfermeira?* Tirou um *sarro da tua cara, percebeu que tu é zero, isso foi papo de ontem, aproveita que ninguém está olhando e dá no pé, avisa os churreiros da praça, vão fazer uma limpa geral na casa do Velho e adeus pra sempre... se for o caso, até leva o cachorro pra ti, o Capitão.*

Santo ele não era, santo ele não era *mesmo!* A vontade da droga sempre ficava num fuiiiiiiim por trás da cabeça, e até àquela hora ele havia segurado a fera, mas no par-e-ímpar da vida, no voz-boa, voz-ruim, ganhou a droga. Largou crachá na mão da morena, e a morena no ri-ri-ri com chefinho, e se escafedeu para os fundos do prédio, pensar um trajeto das bocas, caçar mocozinho maneiro pra aliviar as ideias.

Saiu, virou, mexeu, deu no estacionamento. Tinha umas árvores no pátio, longas fileiras de carros e muita sombra por tudo. Aí entrou um carro apressado, muito ligeiro mesmo, entortou numa vaga perto dele, brecou, abriram porta, desceu o motorista, moço novo, talvez da idade do Nosso Garoto. Do lado dele, uma mulher que ria e ria e tinha o corpo mole-mole e cantava em inglês.

— Mãe, vamos descer... por favor, mãe. — O rapaz abriu a porta do passageiro e tentou tirar a mulher do banco.

Mas ela ria, maluca, deixava o corpo mole e cantava: "*Oh, Lord, won't you buy me a Mercedes-Benz...*".

O Garoto chegou de mansinho.

— Que foi, cara?

O moço levou susto, olhou do Garoto pra mulher, alisou o cabelo loiro pra trás, era bonito que nem galã de novela, e a mulher também, a que ele chamava de mãe, se não estivesse tão doida, tão zureta das ideias, devia ser mulherão.

— Ela misturou remédio e álcool. Não podia. E agora...

A mulher botou olho-pra-lá-de-breaca na cara do filho e segurou em seu braço, parou um instante a cantoria e falou:

— Olha, Marcos... você diz pra meus amigos, pode dizer... que morrer é um barato. Se isso é morrer, é — arrotou, balançou o queixo —, é um barato.

A cara do tal Marcos! Ele apertou o lábio, aprumou o corpo, o olho ficou vermelho, fincou unha na palma da própria mão, a mistura assim vergonha--dó-raiva-dela-medo-confusão. Ah, e essa salada russa de sentimento era tão velha conhecida do Garoto...

— Quer ajuda? — disse ele.

O Marcos quis.

Então cada um pegou num braço, a mulher voltou na cantoria, "*Oh Lord, won't you buy me*" e ria, como ela ria e o caminho de cascalho escorregava e o chinelo dela escapou duas vezes do pé, o Garoto voltou atrás, recolheu. O moço xingava — boca suja, o malandro: maldizia a distância, a penumbra, só não brigou com a ajuda do Garoto, foram indo.

Emergência e a conhecida correria: os de-branco em volta, e traz a maca e faz pergunta e dá-lhe ficha, "o que tomou?", "tomou quanto?", "faz tratamento?", "psiquiátrico, com quem?" e aperta botão de elevador e espera chegar e a porta abre e...

Quem é que desceu do elevador, tão grande e firme como se, sozinha, tomasse conta do espaço inteiro?

Ela mesma, Bernardete.

— Ôh, Garoto! Até pensei que não vinha.

Foi a enfermeira sair, a maca entrar. E o Garoto na porta, nervoso, dando satisfação — emergência, a dona doida, ajudar o filho, porque isso, porque aquilo, só não falou da droga! Mas a negra interrompeu:

— Importante é que está aqui. Tudo bem.

Os dois juntinhos subiram elevador, o crachá foi liberado; as roupas do Velho, arrumadas.

— Por que ele continua dormindo, Bernardete? Ele não vai mais acordar, não?

— De dia acordou, tomou banho de assento, cansou depressa; deixa, que o sono é o melhor remédio.

Bernardete tinha mais o que fazer. E o Garoto:

— E a mulher do outro quarto, está bem?

— Transferida. Outro hospital. Por que pergunta? Quer ajudar?

— Se você tá precisando...

— Sempre estamos! Pode vir.

E tinha um lote de 258 guardanapos de pano, que precisavam ser dobrados, enrolados em talheres e enfiados em copos. E a noite passou, quase inteira.

Febre do rato! Quem o Garoto pensou que era, para entrar no terceiro dia sem droga e escapar dessa maldita?

Como, tu não sabe o que é febre do rato? Ah, é que tu não é da correria, mermão. Quem já foi do time do goró, da fumaça, da farinha, dependência química (ou *d.q.*, para entendidos), sabe do que estou falando.

Então começou que naquela noite mesma da maluca, da cantoria em inglês, o Garoto seguiu para o quarto do Velho, depois de ajudar Bernardete. Conferiu se o paciente estava *okay*, afofou-lhe os travesseiros, viu TV (quarto bacana, suíte, com banheiro, frigobar, televisor), tomou o suco que a enfermeira trouxe para o doente, mas quem bebeu foi ele, quer dizer, só coisa boa... mordomia, calmaria, momentos de bênção e de paz. *Mas*.

Tinha o *mas*.

No fundo, no fundo da cabeça dele, batia a sensação de que faltava alguma coisa. Que a coisa mais importante do dia não tinha ainda acontecido. Que a vida era besta, e ia continuar besta pra sempre e... tinha mais droga na casa do Velho, num tinha?

*Só* tinha.

Que vontade louca, as pernas até tremiam, largar tudo, correr pra lá... Ainda veio uma ideia realista, *é longe pra diabo, vais a pé?*, e se fez na cabeça dele todo um roteiro das bocas, onde achar, os meninos da praça, eles tinham... o Bar do Rato, o Mosca-Frita, o Treme-e-Engole, o Mocó do Porco, eram mais perto, quase se via andando pelas ruas, a madrugada com as luzes de neon, vento na cara, a aflição doida e a antecipação que dava também uma loucura-boa, um tudo-eu-posso-no-mundo, que é a parte boa da droga, esse poder e fazer, liberdade, vamos lá.

E ficava. E como ficava, tremia.

Nas últimas horas da madrugada, por dez vezes o Garoto sentou e saiu do sofá. Ora era xixi, e o banheiro parecia tão iluminado! Ora ligou a TV, e achou alto demais, a voz-ruim reclamou: *Olha que tu acorda o Velho, babaca! Já pensou? Se ele acorda assustado, e é a* tua TV *a despachar o defunto?* Ora a voz-alegre tentava animar o Garoto: *Para de noia, tá ruim mas tá bom, fica um tempo limpo, faz bem pra saúde, aí o Velho melhora e*

Vinha a outra, a safada: *Te dá um pé na bunda, é só encarar o aqui-me-tens--de-regresso, a correria nunca sai do lugar, mãe generosa, abre os braços sobre nós, tudo bem*, mas de repente o Garoto não sabia se era a voz-boa ou a da-

-bronca que buzinava em sua orelha, porque um dia, uma semana, um mês de limpeza, já parecia o Eterno e as ideias iam-se juntando a outras ideias, e a roda-gigante dos sentimentos foi aumentando de ritmo e o Garoto levantava-sentava-via-TV-desligava-ia-em-banheiro-olhava-o-Velho-sentava-em-sofá e, de repente, ele estava suando, uma saliva seca e salgada no canto da boca, o olho desse tamanho, e se jogou pra fora do quarto, bateu as costas na porta, o coração parecendo motor de avião, preparando pro arranque.

Febre do rato.

E como é que se sai da febre do rato, mermão?

Num sai. Ou se fica no lodo, atolado na própria miséria, ou...

Alguém te arranca dali.

Foi o que houve: Bernardete apareceu no fundo do corredor, bamboleando com um saco grande, mas tão grande, que o Garoto sorriu. E aí uma ponta se abriu e foi caindo pano, roupa, tralha e Bernardete olhou pro Céu, fez careta e voltou atrás, recolheu e de novo caiu mais coisa. Parecia cena de comédia, Gordo e Magro.

Bernardete assobiou, fez um gesto chamativo e o Garoto foi ajudar. Cada um pegou numa ponta, era pesado, deram uns passos. E assim de repente Bernardete parou, jogou a coisa no chão, limpou o suor que brilhava na testa, olhou para a cara dele, falou:

— Posso ser sincera? Sincera de verdade, Garoto?

Naquele vozeirão dela, a sinceridade podia ser dolorida. A voz da-crítica zuniu em suas orelhas: *Ela percebeu da droga, vai perguntar, olha o que tu vai dizer, mente, diz que tá limpo faz tempo*, ele respondeu:

— Pode.

E esperou.

— Eu te acho um cara bonito.

Surpresa.

— Te acho sim, um moço de rosto bem-feito, alto, um pouco magro demais, mas parece que a moçada hoje gosta de ser magrelo, deus-qui-mi-livre, prefiro homem mais cheio. — A gengiva brilhou na risada. — Ainda bem que não és meu tipo, hein? Senão a Bernardete não segurava o ataque.

Ele riu, desviou o olhar, corou.

— Mas tem uma coisa.

Ele gelou.

— Desculpe dizer, mas. Reparei em como você chegou ontem, a sua roupa... e mesmo hoje, desculpa de novo, mas essa sua calça... Tu não fica chateado de eu dizer? De perguntar?

Ele quase morreu três vezes, só na ansiedade da preocupação. Engoliu em seco e esperou.

— Você não se ofende se eu lhe oferecer umas roupas?

— Roupas?

— É. — Bernardete desamarrou a boca do saco, foi revirando, exibindo. — Aqui a gente recebe tanta doação... roupa usada, claro! Mas cada coisa boa... Olha isso, olha! Não é o seu tamanho?

Era. Uma calça jeans, de grife, a malandra, com a barra da moda e uns enfeites maneiros.

— Bernardete, você tá dando isso pra mim?

— É... quer dizer: não sou eu, é doação feita ao hospital, para quem precisar.

— Eu preciso.

— Foi o que pensei. Com tanta atenção para o vovô, nem deve ter jeito de se arrumar melhor, né?

O Garoto mordeu a boca. Ficou com vergonha, porque a enfermeira acreditava naquela mentira dele ser neto. *Tu, neto de velho rico? Se enxerga, malandro!*, berrou a voz-safada, mas foi um grito baixinho, que ele meteu no fundo da cabeça mesmo, decidido a dizer a verdade:

— Bernardete, eu não sou...

— ... não é orgulhoso, não é pó de arroz? — perguntou e respondeu por ele. — Que bom! — E empurrou o saco pra cima do Garoto, seguindo adiante, depressa. — Vem comigo!

Não dava pra acreditar.

No subsolo mais fundo do hospital, havia um quarto e, naquele quarto, um mundo.

Tinha de tudo, numa bagunça incrível: roupa de todo tamanho e qualquer moda inventada, bijuteria, sapato, louça, brinquedo, roupa de mesa e de cama, abajur, lanterna, perfumaria, relógio, chapéu, maquiagem, fotografia, quadro, tapete, eletrodoméstico, até mesmo um violão!

— Tá vendo? — Bernardete ria, vendo o encanto do Garoto. — Quanta coisa não vem parar aqui, de doação?

— E o que se faz com tudo isso, vai pros doentes?

— Não, é donativo, tem uma parte do hospital que atende carentes; outras coisas deviam ser vendidas em bazar, pra arrecadar fundos...

— Só não vira bazar porque ninguém tem tempo de separar as peças — disse um cara-de-branco, entrando na sala e cumprimentando Bernardete, com outro rapaz ao lado.

O Garoto reconheceu: eram os doutores da véspera, a dupla do careca-peludo-e-de-barbicha e o cara-de-anjo, branquelo e loirão.

— Tem coisa que está aqui há mais de ano, chegou boa, e hoje... — O médico caçou um liquidificador empoeirado, chacoalhou uma batedeira, apontou para um radinho. — Tudo isso enferrujando.

— Como assim...?

Bernardete explicou mais:

— Garoto, cada um tem suas tarefas... o hospital é privado, tem bons leitos, funcionários. Mas essa parte de assistência fica assim, meio largada.

E o cara-de-anjo:

— Tem um projeto de lazer para crianças aidéticas que nunca sai do papel. Uma verba já foi liberada pelo governo, mas aí faltam coisinhas... pra reforma de uma sala, compra de jogos, material de limpeza. A grana de um bazar já facilitava bem.

— E por que não fazem o bazar? — perguntou o Garoto.

— Falta a organização — completou o careca-peludo.

O Garoto fez uma cara de quem ainda não tinha entendido. Bernardete facilitou:

— Se alguém separasse tudo, selecionasse, pusesse em lote e desse preço... Bom, aí quem sabe a turma colaborava e o bazar saía, afinal.

— Alguém?

— Alguém.

Era impressão, ou os três olharam bem fixo pra ele?

— Eu bem que podia... — E os três, na escuta, na espera, no olho-grudado. O Garoto suspirou fundo. — Quem sabe eu, se vocês quisessem... — O olhar continuou na marcação e ele disse, de uma só vez, num arranque: — Se vocês deixarem, posso arrumar as coisas.

Que deu nele pra abrir a boca-mole e oferecer?

— ISSO! — gritou Bernardete, e bateu, com força, a mão na coxa larga. Então percebeu que era bandeira, controlou-se, ajeitou a roupa no peito, piscou olho pro doutor, deu risada para o loiro. — Ele é um bom menino, vai ser uma ajuda e tanto. — E para o Garoto: — Não é difícil não, tu logo pega o jeito, malandro!, quer dizer, tem um e outro que pode ajudar no começo; depois, é usar bom senso. Isso aqui tá há tanto tempo parado... O que vier é lucro!

— Olha, se você pudesse começar agora... — O moço bonito olhou no relógio de pulso. — Hoje é meu plantão, mas está bem calmo. Podia ajudar, ficava aqui a manhã inteira.

— Boa ideia, Miguel! — disse Bernardete. — Que é que o senhor acha, doutor José?

O careca-peludo, que devia ser o chefe de ambos, mordeu a ponta do bigode, olhou ele mesmo no relógio.

— Depende desse Garoto... se ele não tem coisa mais importante pra fazer, fora daqui.

— Tenho não. — Depois lembrou: — Tem o cachorro. O Capitão tá sem comida.

E explicou sobre o cachorro do Velho. Aí o dr. José perguntou onde era a casa, assim com jeito de quem não quer nada.

— Mas é tão perto de onde eu moro! — O médico se animou. — Se quiser, coloco comida e água pra ele.

— É mesmo! — Bernardete estava excitada, o rosto escuro brilhava, acobreado. — Doutor, se o menino emprestar a chave, moleza, é só alimentar o bicho, o cachorro se ajeita sozinho por hoje, o Garoto vai lá outra hora.

Teve de concordar que era uma boa ideia.

— Pronto, escolhe uma roupa nova pra você! — Bernardete empurrou em cima dele a calça de grife, apontou para o bricabraque em seu redor: — O que quiser! O que precisar! É só pegar!

— Calma, Bernardete. — O doutor acalmou a enfermeira, fazendo gesto de mão.

Então ela sossegou um pouco e sorriu para o Garoto. Parecia gorda era de felicidade...

E o Garoto passou o dia mergulhado naquele mundo de coisas, vestindo-desvestindo roupa, conferindo equipamento, limpando poeira, esfregando sujeira, acertando pilhas de coisas boas, semiboas, sucata, fazendo a arrumação.

O bonitinho, o tal de Miguel, passou a manhã com ele. Falaram-se pouco e só de trabalho, e isso também foi bom, porque o Garoto nunca na vida que conversava com bacana, com doutor; bateu nele um baita constrangimento, bicho de mato que era, na vida de correria onde o que falava mais alto era porrada ou marcação e ele ficou até comovido, em ver um moço do-bem, dando duro no batente, ombro a ombro, comendo poeira e dando risada, companheiro de tarefa.

Pelo fim da tarde voltou o careca, disse que Capitão estava bem e mandava lembranças. O Garoto perguntou do Velho, bateu dor-na--consciência, era o vovô, não era?

— Passei pelo quarto, tudo certo. — O médico tranquilizou-o. — Fica em paz, que o paciente está em boas mãos. Você é mais útil aqui embaixo, acredite.

E o Garoto acreditou. Porque queria acreditar e porque aquilo estava mesmo muito legal de fazer.

E o dia passou. E, de noite, ele foi ao quarto do Velho, viu que o homem dormia, sereno. Pensou que seria novo tempo de vigília, noite longa em pensamentos, mas.

Capotou.

Quando viu, era manhã, bem cedinho, e Bernardete lhe trazia uma toalha, sugeria que usasse o banheiro da suíte, se ajeitasse, tomasse o café do Velho e continuasse a tarefa no porão.

E por mais dois dias o Garoto teve essa rotina.

# Só por hoje

"Você não pode ensinar nada a um homem; você pode apenas ajudá-lo a encontrar respostas dentro dele mesmo."
(Galileu Galilei)

QUEM ERAM AQUELES quatro rapazes saindo do refeitório e usando o bolinho da sobremesa como arma de guerra? Um deles falou "o bolinho está tão duro que, se pegar de jeito, machuca"; o outro duvidou: "será mesmo?"; um terceiro já foi esbodegando o bolinho na testa do cara ao lado e, quando viram, estavam no formidável jogo do ferra-o-colega-com-a--sobremesa... quem? Tu consegue imaginar?

Um deles era o Nosso Garoto. Rindo assim, e companheiro, dava até pra desconfiar se era mesmo o antigo garoto de rua ou ajudante do Velho. Quem arrumou essa amizade foi o doutor loiro, o Miguel. Pela hora do almoço, naquele primeiro dia, levou o Garoto até o refeitório e apresentou aos rapazes:

— Ele é voluntário, está arrumando o bazar. E esses são...

Fabiano era assistente de enfermagem, Cássio era auxiliar de almoxarifado e Cléber, ajudante de cozinha. Sentaram juntos na mesa de almoço, no primeiro dia. E no segundo. Já no terceiro, o doutorzinho teve plantão agitado, mal passou pelo bazar, mas deu a dica "vai sozinho almoçar, o que é que tem? Você está mesmo trabalhando aqui, tem direito à refeição", e ele foi.

— Poxa... e eu nem achei o bolinho tão ruim! — Cássio limpou a massa farinhenta da testa, enquanto os outros caíam na gargalhada.

— É que não foi você quem fez — explicou Cléber —, o cozinheiro testou receita nova e quando ele faz isso, iiiiiiih!

E seguiram pelo pátio, fofocando sobre colegas do hospital, as garotas lindas que pretendiam paquerar, com quem iriam sair, ou superiores sempre na marcação e aí bateu a hora, começo de segundo turno, "amanhã a gente se vê, tudo bem?", concordaram com a cabeça, o Garoto mais-que-depressa também.

Estava feliz. Quer dizer, quase-feliz, quase-normal. Tinha seus segredos, xará (o avô fajuto, a droga, o ser-de-rua), mas também estava limpo, ali. O Velho continuava na mesma, Bernardete na proteção, os médicos eram gente boa, vestia roupas de doação, tomava banho, comia no refeitório... o que tinha de diferente? O que tinha, pra impedir a camaradagem com os rapazes do hospital?

Enquanto voltava para o bazar nesse clima de tudo bem, passou pelo estacionamento. Foi aí que viu a mulher.

A dona saía do mesmo carro em que chegou com o filho, três noites antes. Usou o chaveiro pra fazer bip de alarme, ajeitou óculos escuros, parou pra acender cigarro, deu um tempo, esperou, olhou... Panca de madame, cabelo arrumado. Parecia tão linda, tão rica, tão dona-do-mundo que, se o Garoto não tivesse visto, nunca que acreditava ser ela a mesma da emergência, cantando em inglês e fazendo arruaça.

O Garoto tinha de passar por perto, então seguiu seu caminho. Quando estava assim do lado, cumprimentou. Que deu nele? E ainda completou:

— Tudo bem? Está melhor?

— Melhor?

O Garoto encabulou. Será que lembrava dele? Duvidava, mas já tinha começado, diacho, então prosseguiu:

— O seu filho, Marcos... quando vocês chegaram aqui, ele precisou de ajuda e eu...

— Ah, foi você! — Ela riu, e aquela boca vermelhona chamou uma atenção danada. Tirou os óculos, os olhos eram esverdeados, e aproximou depressa aquela boca do rosto do Garoto e lambuzou um beijo estalado nele. — O Marcos falou da ajuda, de um companheiro, você foi ótimo, maravilha, obrigada, sabe se a reunião já começou?

Reunião? Que reunião?

— Vai ver fomos os primeiros a chegar. — Botou os óculos de volta na cara e pegou no braço dele. — Poxa, me dá uma força, sempre esqueço desse cascalho do estacionamento: arrebenta o salto do sapato... também, só eu pra botar um negócio desse tamanho, já sou alta, pra que usar uma coisa assim, não é mesmo?

E foram seguindo. O Garoto sentia um calorzão no corpo, nunca que pegavam nele, o rosto ardia no lugar do beijo e o toque dela no seu braço ficava mais pesado que chumbo.

Entraram pela lateralzinha do prédio, viraram em corredor, seguiram rampa e deram numa ala da Secretaria da Saúde, uma saleta repleta de cadeiras.

Lá dentro, uma mulher gorducha, cara de professora aposentada e um homem velho, muito alto e magro.

— Ooooooooi, Arlete. — A mulher soltou uma mistura de cumprimento e gemido, em cima da loira, assim num ôôôô de bronca, mas que segurou a tempo.

Só que Arlete percebeu. Parecendo atriz de teatro, a loira tirou os óculos e se jogou na cadeira:

— Eu-sei, eu-sei, eu-sei, Deise, recair é barra, enfrentar sala, pior ainda, me poupe. Mas vou contar tudo, preciso desabafar... hoje quem coordena é o Alfredo?

Enquanto elas falavam lá, de outras pessoas, o Garoto lia as placas das paredes: "A AÇÃO É A SOLUÇÃO"; "NÃO SE LEVE TÃO A SÉRIO"; "PENSE!"; "SERENIDADE — CORAGEM — SABEDORIA"; "O QUE SE FALA AQUI, O QUE SE OUVE AQUI, FICA AQUI"... Onde ele estava, afinal?

— Você é de que grupo? — perguntou a gorducha, dando um ataque repentino que assustou Nosso Garoto. — Ou você frequenta o horário da noite?

Ele nem conseguiu dar resposta, chegou mais gente, e mais um homem apressado, conferiu o relógio de parede, sentou atrás da mesa, ajeitou a estátua de uma tartaruga sobre a toalha, foi lendo:

— Bom dia. Estamos aqui reunidos para mais uma sessão de Alcoólicos Anônimos...

*Alcoólicos Anônimos!*, o Garoto pensou, encarando um monte de rostos sérios, *será que esse povo está pensando que eu...*

As pessoas se levantaram, ele ficou sem jeito de sair da sala, a loira estava bem na cadeira ao lado, imitou os outros, recitou: "CONCEDEI--NOS, SENHOR, A SERENIDADE NECESSÁRIA PARA ACEITAR AS COISAS QUE NÃO PODEMOS MODIFICAR"...

A voz-boa brincava na sua orelha direita: *eles estão pensando que tu é bebum, xará!*

O pessoal: "A CORAGEM NECESSÁRIA PARA MODIFICAR AQUELAS QUE PODEMOS E"...

... continuou a voz: *justo você, bebum, vê se pode,* mas na outra orelha veio a voz-maldosa: *E o que-que tu é, mermão? Hein? Que é que tu acha que eles vão pensar, hein?*

Disseram, afinal: "... A SABEDORIA PARA DISTINGUIR UMAS DAS OUTRAS. SÓ POR HOJE".

*Ou vai dizer que tu não é drogado?*, terminou a voz, gargalhando. Ele se encolheu na cadeira e olhou a porta: quantos passos até lá, pra sair sem dar bandeira e fugir, correr, escapar?

Nessa hora, a loira levantou decidida, caminhou até diante da mesa. Havia uma cadeira ali, virada de frente para as pessoas. Sentou e falou:

— Bom dia, meu nome é Arlete e eu sou uma alcoólatra em recuperação.

— Bom dia, Arlete — disseram as pessoas.

— Vocês sabem, tive uma recaída e não foi mole não. Devia ter pedido ajuda, mas achei que dava pra segurar, aquele papo, só um trago... e estava tomando remédio, então nem sei como avisaram meu filho, vim parar no pronto-socorro. Que baixaria: entrei cantando Janis Joplin e dizendo que morrer era um barato! — (Riso nervoso das pessoas.) — Meu filho contou com a ajuda de um rapaz, um companheiro — (O Garoto se encolheu que nem uma pulga em roupa de mendigo.) —, e fui parar na UTI e fizeram lavagem estomacal. Aí, quando melhorei um pouco, abri um olho, meu filho do lado. Aí melhorei mais, abri o outro olho, um cara na cama da frente, assim um moço. Ele estava passando mal, vomitando, e perguntei pra enfermeira: "ele também fez besteira?"; a mulher respondeu: "não, ele é só um doente normal, não é um idiota que nem você". — (Outras risadas nervosas.) — Eu pensei: "poxa, dessa vez vim pro fundo do poço, que foi que eu fiz?".

O Garoto estava de boca aberta! Colado naquele papo que nem ratinho em bote de cobra. Como é que aquela mulher linda falava daquele jeito aberto? E as pessoas?! Elas não riam, mas, se riam, não era gozando não ou criticando não, elas...

*Elas compreendiam.*

Um homem velho se levantou, ocupou o lugar à frente e se apresentou como Jorge. Falou que na casa dele sempre teve muito álcool e todo mundo dizia que macho era quem bebia todas e nunca passava mal... Depois, a mulher gorducha contou do seu dia a dia, coisas simples como fazer almoço, ajeitar a roupa para os filhos, "sem a ajuda do álcool para diminuir a tristeza".

Aí apareceu um moreno forte, de cabelo curto. Ocupou a cadeira e não encarava ninguém, botou olho bem duro no teto, mexia e remexia a perna, sem parar, disse seu nome, Gustavo, dependente de álcool e de outras drogas e foi falando:

— Podia dar um tempo. Podia parar, mas aqui dentro... — Bateu a mão no peito, como se tivesse raiva do próprio corpo. — Eu ficava planejando. Dia e hora, dia e hora, cara, planejando voltar. Como se tivesse uma voz falando comigo, "calma, daqui a pouco tu volta, segura as pontas, não é pra sempre não... você só está fingindo que é bom moço, isso é pose, tu sabe muito bem quem você é, cara"... porque a droga, ela chama a gente legal. Então eu marcava que, no dia X ou hora tal, era só procurar o meio ambiente, encontrava o que queria e aí era do jeito que o diabo gosta: varava dois, três dias, uma semana, só no consumo da substância.

O Garoto ouvia e a voz-ruim gargalhava... *Não é o que tu queria fazer, malandro? Não é o que pensa em fazer, mais cedo ou mais tarde? Ele sabe. Ele sabe e ele, e ela e mais ela... todo mundo sabe da tua vida.*

E de repente sentia que o olho de todo mundo ali grudava nele, assim como se o olho pudesse flechar alfinete, na nuca, nos braços, na cara, nas mãos. E o Garoto meteu as mãos debaixo dos cotovelos e mordeu a boca e engoliu duro, o estômago pesou tonelada e subiu para a boca um bolo de gosto azedo. Ele tentou tapar a boca com a mão, o arroto saiu por entre os dedos. Tentou depois puxar o ar bem fundo e o gosto ficou mais ardido.

Ainda bem que um cara gordo começou um depoimento. Então pegou coragem, levantou — via caras, cadeiras, parede, cartazes, tudo bem devagarinho, como em cinema, câmera lenta — e passou pelas cadeiras sem derrubar nenhuma. Conseguiu. Saiu da sala.

Foi fechar a porta, pronto! Mudou tudo. O que era lento e grosso, assim sopa de sangue, virou gelatina. O coração disparou, bateu o medo de perseguição e ele precisou correr. Não queria mais teto em cima da cabeça, não queria porta, nem parede de hospital. Saiu da ala da Saúde, arreganhou as portas de vaivém do ambulatório, quase atropelou uma atendente, ela até que era chegada, soltou um "tudo bem?", mas o Garoto não respondeu, *tudo nada-bem, tudo muuuuuuuuuito estranho, muuuuuuuuuito mal*, pensou e saiu do prédio e.

E não parou, nem podia parar, não tinha ainda gasto a gasolina do seu medo. Foi escorregando, tropeçando, teve uma hora em que o joelho relou o chão de cascalho do estacionamento, mas se ergueu, prosseguiu e saiu pela avenida, brecada, buzina, o farol piscou no alerta, não conferiu se mudava pra pedestre, arrotou mais forte, a mão na boca, o pé virou no asfalto, uma pedra doeu debaixo da sola do tênis, e o gosto de limão podre na boca ficou forte demais e teve de respirar. Nessa hora parou e se apoiou numa árvore, ah! Foi só se agarrar na árvore pra pintar a ideia na cabeça, de que, aí sim, ficava igualzinho bêbado de piada. *Bebum, eles pensaram que tu era bebum, Alcoólatras Anônimos, cruzado, drogado, abraçado-em-poste, molequinho-besta, descoberto, entregue, dedurado, todo mundo sabe bem o lixo, a porqueira que tu é.* E ele tentou puxar o ar e nada, e tentou-tentou e o ar já-era, o fôlego já-era e quando conseguiu, em vez de entrar, o ar saiu e o jato de vômito foi junto.

Foi nojento, mas aliviou. *Eles sabem, eles sabem, eles me conhecem*, olhou para as costas, para trás. A parede do hospital estava longe, só enxergava o telhado, uma placa luminosa e mal e mal. Aí percebeu que tinha corrido tanto, passado por cruzamento, nem esperou a sinaleira, atravessou a avenida sem ver faixa de pedestre, na loucura que estava, sabe-se lá como desviou no trânsito, de moto, carro, caminhão, ele voou, voou mesmo.

E na cabeça latejava, o tempo todo, a vontade doida-doidinha da droga.

— Não resta a menor dúvida, Samuel: você fez bobagem.

Era uma comida de rabo dada por um santo. Podes crer, amizade, que santo sabe ser maneiro, dá bronca sem levantar a voz e sem dizer baixaria, mas, venha como vier, uma comida de rabo *é uma* comida de rabo!

E se tem coisa que o Samuel aqui nunca gostou de levar, na vida ou na pós-vida, é uma comida de rabo...

O santo ainda falou:

— Facilitou demais a vida daquele Garoto.

Marquei na defesa:

— Eu, seu José, eu? — Dei um migué e botei a culpa no próprio. — Bobagem mesmo fez esse aí, o Miguel! Cabeça-gorda, Paraguai!

— Samuel, olha a linguagem...

— Que linguagem que nada, seu santo, verdade! Foi ele que botou pose de médico-gente-boa, "hoje meu plantão está calmo", "eu podia ajudar a manhã inteira" — imitei o bonitinho — e papo vai, papo vem, deu aquela canja pro Garoto, no brechó.

Miguel movia a cabecinha angelical na negativa, os cachos dourados batendo de lado a outro da face.

— Não foi bem assim, Samuel... e a Bernardete gostou da ideia.

Estava a ponto de rebater na baixaria, José interrompeu e foi para o loiro:

— Miguel, numa coisa o Samuel tem razão! Você ajudou bastante na hora do almoço. Apresentou para funcionário, deu as dicas do refeitório...

— É isso aí! — concordei na hora.

— Só apresentei; a camaradagem se fez sozinha — explicou Miguel. — Eram quatro rapazes mais ou menos da mesma idade, qual o problema? Eles se acertaram muito bem. E sozinhos.

— "E sozinhos"... — arremedei.

Miguel ficou vermelho, e naquela sua pele de pêssego, o rubor se espalhou que nem febre. Falou, olhando de mim pro santo:

— Perdão, santo José, mas na minha opinião Samuel está demonstrando um forte sentimento humano. Ele não teve essa ideia, de juntar o Garoto e os outros rapazes do hospital. Está com inveja.

Confesso que senti *outro* forte sentimento humano nessa hora, e mais ainda, quando ele sorriu:

— Porque, se dependesse do Samuel, ele era capaz até de incentivar a enfermeira, a seduzir o Garoto...

— Escuta aqui, ó de asa grande, tu...

Mas calei quando José ergueu a mão e o manto escorregou do seu braço. Olhou sério pra nós dois, anjos, ficou em longos minutos de santificado silêncio, até soltar:

— Eu também errei. Não devia ter deixado você me convencer a posar de médico, Samuel. Está certo que é sua primeira missão, é bom ter iniciativa, mas não se pode interferir... conhecer a irmandade foi demais para o Garoto.

— Ô, seu José, mas aquilo não foi armação minha! Foi a dona loira que confundiu tudo, pensou que o Garoto era colega de goró, levou ele por conta própria até a irmandade! Juro por Deus, nada-nadinha eu tive com aquilo.

Aí ele passou a mão pela careca, pela barba pontuda, arregaçou a beira do manto... Eu, esperando. Tão tenso que nem milho de pipoca em chapa lerda pra esquentar. Mas santo nunca tem pressa! José coçou aquela barbicha quase que pela-Eternidade, depois falou:

— Não conte mais com ajuda de anjos ou santos, Samuel. Acho que sua intenção foi boa, mas apressar as coisas pode ser perigoso. Livre-arbítrio, Samuel. Não esqueça que os homens têm o dom do livre-arbítrio.

E, como olhei feio para o Miguel, são José achou por bem reforçar o aviso:

— Cuidado com os sentimentos humanos, Samuel... não é bom sentir ainda tão fortes e conflitantes sentimentos humanos dentro de você.

E, entre luzes e asas batendo, eles se foram.

E eu fiquei sozinho, com o Garoto. A gente estava na casa do Velho. Parei do lado dele, encarei a criatura.

Ele dormia, babando no chão. Mais sujo que unha de pé de mendigo, quase-pelado, largado que nem escarro em calçada.

Drogado que nem... *que nem o quê?* Ia dizer que-nem porco, que-nem bicho, mas não tem na natureza quem faça tão mal a si próprio, senão o homem. Então nem dava pra comparar: drogado que-nem bicho-homem, com seu livre-arbítrio.

Claro que aquela boa calça do brechó, os tênis, um chaveiro incrementado e *otras cositas más*, presentinhos da Bernardete, tinham dançado. Tudo trocado na droga do caminho, aquela do não-me-aguento, até chegar lá, na casa do Velho, e mandar ver na substância.

Agora dormia fundo e fungava. Bochecha encostada no chão — e o chão estava frio! —, as solas dos pés parecendo casca de abacaxi, os braços em torno do peito, como cobertor de pobre. Olhei bem e bem pra ele...

"Fortes sentimentos humanos", resmunguei, "*con-fli-tan-tes* sentimentos humanos", lembrei das palavras do santo, repeti devagarinho...

E meti o pé na cara do Garoto!

— Seu FDP drogadinho, seu desgraçado, seu pivete besta, nem pra cair duro tu teve a decência de procurar um canto seco... e aqui tinha a cama do velho, tá cheio de poltrona, sofá, cobertor, lençol, que nada! Tu me desmaia aqui mesmo, no meio do chão liso, e duro, e gelado... até cachorro é mais esperto que tu, o Capitão tá dormindo no tapete, mas tu não! Tu te arrebenta meeeeeeeeeeeeesmo, ferra com tudo, vai pra droga e vai pra se acabar de vez, ainda pega doença feia, e aí? Aí morre. E, se morre fora de hora, tu se ferra e me ferra, porque seu anjo foi frouxo e nem te deu proteção.

Meti de novo, com toda a força, um pontapé na cara dele.

Mas agora sou anjo e, pra sorte dele, meu toque não se manifesta mais através da força humana. Era só desabafo, só raiva, "fortes sentimentos humanos". O santo que me perdoasse, mas na raiva que eu vinha, pra descarregar, tinha de ser na baixaria!

Aliviou. Sentei do lado dele, suspirei. Fiz um gesto de asa e acordei o cachorro, conduzi Capitão pra perto dali, o bicho se enroscou no drogadinho, aqueceu um pouco. E antes de partir, murmurei:

— Dorme com os anjos, Garoto.

Fazer o quê?

A vontade do Senhor.

# Nem toda mentira é mentira

“Raramente a verdade é pura,
e nunca é simples.”
(Oscar Wilde)

O POÇO, DE NOVO. Nem afunda nem se agita, nem é sonho nem é vida, tudo morno e conhecido do Garoto. Tem mais é de ficar ali quietinho, peixe fisgado: se mexer pouco, o anzol não dói na boca do peixe e quem sabe o pescador se esquece do que fisgou.

Sopa de gente.

Mas tem uma saída do poço, não tem? E o Garoto já viu o outro lado.

Mas no seu quase-sono, o Garoto achou que aquilo já-era: o Velho, o hospital, os colegas de almoço, o dia a dia voluntário.

No longe, barulho de campainha.

Que tocou uma, duas, meia dúzia de vezes. Aí vieram latidos, e isso virou uivo e os sons se juntaram: latido-telefone-ganido. E bafo. Quando o Garoto percebeu que o bafo era na orelha e que a lambida escorria pela cara, entendeu que era mesmo hora de levantar.

Mexeu braço, mexeu perna, o corpo nhé-nhé-nhé enferrujado, boneco de ferro em monturo de lixo. E o Garoto conseguiu sentar. E Capitão latiu, feliz como se despertasse defunto, e correu em volta, lambeu cara, olho, sovaco, sola do pé.

Até o Garoto rastejar para o sofá, apoiar a cabeça na mesinha, respirar fundo e estender a mão, o aparelho parou.

— Mas quem será que...

Veio a ideia: do hospital. Será que o Velho... Será?

Não, nada de coisa ruim com o doente. Devia ser pra ele, o telefonema.

Afinal, o doutor-careca conhecia o endereço, ele tinha serviço prometido no brechó, Bernardete podia estar preocupada, diabo, quanto tempo tinha ficado no poço?

Não lembrava. Apagão. O que aconteceu na véspera? *(Se é que era véspera... dormiu quanto?)* Fez besteira, assim voltar ao hospital, entrar no plantão arrotando valentia? A voz foi dizendo: *Sou neto coisa nenhuma, bando de mané, sou pivete, sou da correria, o Velho me catou na rua, pra ser assim quase-escravo, servir e tomar conta do safado, mas ó, como ele dançou, vocês pensaram que eu era neto, que eu era gente e fui me ajeitando na moleza.* E a voz-ruim ainda completou: *Dá risada, gargalhada de mostrar gengiva, bem na cara da Bernardete, ri mesmo, tu enganou todo mundo, tu é o cara, é o bom.* Mas estava tão cansado! Essa voz foi afogada, estrangulada, assassinada pela piedadezinha fina, choramingas: *Bom de quê? Tens é medo. Não aguenta nem ouvir papo de bêbado, numa sala de A.A. Foge de covardia. Se tu fez alguma coisa, alguma coisa diferente, deve ter sido se agarrar na Bernardete, bebê-chorão, me-ajuda-me-ajuda-me-ajuda, tô que nem sei quem sou, tô que preciso de colo, me dá.*

Nessa hora, o telefone tocou de novo.

Dessa vez o Garoto limpou a garganta num pigarro, penteou o cabelo com os dedos, passou a mão pela cara... Se fosse a Bernardete, ele ouvia. Mas fingia que era engano, dava baixinho um adeus, quase assim que agradecia, mas seu destino era aquele, era a rua, era a droga, paz-e-bênção, ia cair pela vida e sumir na correria.

— Alô?

— Boa tarde, eu queria falar com o seu Oswaldo.

A voz parecia assustada e também parecia ser de gente novinha. Quase que o Garoto disse que ali não tinha ninguém com esse nome, aí lembrou dos papéis de hospital, os documentos do Velho... e, como demorou a dar resposta, no telefone continuaram a dar uma explicação:

— Quem está falando, é o vovô?... Eu nunca ligo para o senhor, não é? Nem deve conhecer a minha voz. É seu neto.

— Você é o *neto* dele? O neto de verdade?

Do outro lado da linha, o Fulano pareceu mais confiante, quando percebeu que não falava com o Velho. Quase que deu risada:

— Oi! É o Rubens, o Rubinho. Estou ligando de Porto Alegre. Sou o filho do Ronival... queria falar com o vovô, ele está? Você é amigo dele?

— O seu avô não está agora. — Isso era verdade. E o Garoto demorou pra soltar o resto, procurou ainda outra verdade, antes de dizer: — Eu sou. Quer dizer, eu... ajudo ele, sou ajudante do seu avô.

— Desculpe, nem sabia que o vovô tinha um ajudante. Não sei um monte de coisa do vovô... Hoje estou sozinho aqui em casa e eu pensei... Sabe o que é?, hoje é meu aniversário. Estou fazendo 12 anos. Meu pai nunca que fala com o vovô Oswaldo. Quando perguntei o que ele achava da ideia, ele disse que nem em sonho o vovô ia aceitar. Mas, como agora estou sozinho, pensei assim, "por que não?". Então resolvi telefonar, mesmo sem pedir para os meus pais. Mamãe não está, trabalha fora, é dona de loja. E papai é oficial da Marinha. — Pintou uma ponta de orgulho na voz, e continuou: — Parece que eles brigaram. — Percebeu que podia dar confusão, consertou depressa: — Quem brigou não foi meu pai e minha mãe, nada disso, eles nunca brigam, foi meu pai e vovô Oswaldo. Nem sei se foi briga mesmo, mas nunca se conversam. Amanhã de noite vêm uns amigos em casa. Mais amigos dos meus pais do que meus. Então pensei: "já que vem tanta gente grande, poxa, sei que o vovô mora longe, mas, se eu pedir, será que dá pra aparecer na festa?". Falei com papai, ele riu. Disse que nunca o vovô ia gastar dinheiro em passagem, em avião. Mas. Pelo menos, achei que podia convidar. Que é que você acha, você que ajuda ele, que conhece ele melhor... será que, se eu convidar, se eu pedir pro vovô... ele vem?

Aquele espírito de porco? O Garoto conheceu o Velho por pouco tempo, e já bastou. Aquele Velho odiento, com tanta raiva encruada dos parentes, ia era rir do convite! Aquele urubu ia era cair em cima, usar seu ressentimento velho na carniça fresca que era o menino, e ia esmagar alegremente aquela ingenuidadezinha dele, de tocar violinos no fundo, plim-plim-plim, oh! que lindo! que emoção, em aleluias e choradeiras, reencontro familiar.

*Mas.*

Mas-mas-mas-mas. O Garoto falou foi que:

O Velho era joia. Melhor patrão do mundo. Dava bom salário, um quarto com cama arrumada, tudo pra ele servir de companhia, fazer servicinho maneiro, coisa leve, assim como levar cachorro em passeio, carregar sacola em feira, fazer o supermercado, o banco, lavar uma louça, ver almoço. E como comiam bem! E como o Velho era interessado! Não pensasse em exploração. Até escola pra ele vovô queria arrumar!

— Curso profissionalizante! — O Garoto delirou na mentira. — Até isso o seu avô quer que eu faça. Diz que eu sou bom, tenho futuro... maior incentivo seu Velho, seu vovô Oswaldo, me dá.

— E ele. Ele fala da gente?

*Ôh, se fala!*, resmungou a voz-ranheta na orelha do Garoto. *Cada vez que descola um mané, mete o pau na parentada, xinga de tudo que é nome. Diz que é santo, abandonado, que parente é cobra criada, coisa do demo, pra matar a cacetada...* Mas no interurbano contou que o Velho lhe mostrou até as fotografias! Ele, que era só um ajudante, conhecia até de cor: via sempre, com carinho, os retratos dos netinhos.

— Poxa — disse o menino gaúcho —, acho que o vovô só deve ter foto de quando a gente, minha irmã mais velha e eu, era bebê.

— É isso aí! — mentiu o Garoto. — Foto antiga, mas nunca sai da carteira. Seu Oswaldo mostra aquilo a todo mundo. Precisa ver o orgulho!

— Bah... — Voz pensativa. — Nunca pensei. Meu pai fala que ele e vovô nunca se deram bem. Que o vovô é ranzinza, reclama de todo mundo.

— Quê isso, Rubinho. Seu avô é gente boa, amigo da vizinhança. E não encana com esse papo de briga. É coisa de pai e filho; família fala sem pensar, e como língua não tem osso...

O menino gostou, repetiu:

— "Língua não tem osso, língua não tem osso!" — E ria. Depois que riu bastante, reforçou o pedido: — E se... e se eu ligar mais tarde, será que o vovô vai estar em casa? Falo com ele. Se eu falar com ele, contar depois para o papai... o que você acha?

O que o Garoto *achava?...*

... achava que ia se mandar, fugir no mundo, talvez levar uns breguetes da casa maneira do Velho, esquecer palavra dada, promessa séria a quase-defunto, desistir da temporada voluntária no hospital... achava que voltava para a correria, mergulhava nas bocas, na droga, ao deus-dará, ficava sem roupa, pouca comida, fugindo de quem podia.

Era isso que ele achava. Não era?

*Não era?*

Mas isso foi antes.

Porque talvez, pra me provar que o livre-arbítrio existia, o Garoto respirou fundo, muito fundo. E falou bem devagar com o Rubinho; coisas sérias, para o menino guardar direitinho e tomar suas decisões.

Como ele era feio.

Fazia assim meia hora que o Garoto estava ali, sentado no sofá diante da cama de hospital, olhando para o Velho.

E depois de tanto olha-olha, pensa-pensa, acha-que-acha, só chegou mesmo naquela conclusão: como ele era feio...

Na verdade, era velho. E estava largado na cama, e doente.

Mas para um cara como o Garoto, que só tinha a juventude para exibir com orgulho na vitrine social, ser velho era pior que morrer.

Porque morrer não devia ser ruim. Em tanto momento da vida o Garoto encarou cheiro de morte! Quando na briga vinha soco, pontapé na cara, porrada de todo lado, como-vou-ficar-depois-meu-Deus... ou na hora da fissura mais dolorida, sem nem um grama de droga, e as veias todas do corpo quase que pareciam esguichar sangue pra fora... *Ah!* Nessas horas, ele achava que, se viesse o fim, seria até bom. Tinha medo, muito mais medo mesmo, era daquilo: de morrer em pedacinho, que nem o Velho. Dependendo dos outros, e os outros... os outros podem fazer tanta coisa ruim com a gente!

Se a gente não tem perna forte pra correr e olho bom pra encontrar esconderijo e dedo ligeiro pra esconder o perigo e não tem voz pra pedir desculpa ou enrolar conversa. Quando a gente não tem força de fazer uma coisa assim, fica nas mãos do mundo. E como tem mãos, nesse mundo, que podem fazer maldade.

Não é verdade?

— Seu Oswaldo, seu Oswaldo... — o Garoto falou alto. — Que é que o senhor fez da sua vida, seu Oswaldo?

O Garoto estava arrumado. Com roupa de tempo do Onça, surrupiada do guarda-roupa do Velho, mas do-melhor: camisa bege, terno cinza, meia escura, o sapato de couro preto, um relógio dourado ou de-ouro, uma corrente de santo no pescoço, lenço de cambraia e carteira de couro no bolso (achou cheque, dinheiro, cartão), só recusou o chapéu, que aí era provocação.

Ninguém brecou na portaria, ninguém nem viu ele entrar. E agora, por todo esse tempo, curtia a visita ao Velho.

— Seu Oswaldo — repetiu o nome. Tinha gosto em finalmente dizer o nome do Velho, seu quase-patrão. — O senhor tem família, seu Oswaldo. O senhor tem neto... que presente ia dar pro neto, hein?, seu Oswaldo. Presentão.

Andou em volta da cama, abriu gaveta de criado-mudo. Zipou a pochete, conferiu perfume, desodorante, escova de dente, loção e *aquilo*. Tinha trazido a peça porque parecia de uso antigo do Velho. E agora, podia ser útil, bem útil. Devagar, o Garoto achou o que procurava. Pegou, com muito jeito, a navalha. Foi levantar e pronto! A lâmina escorregou fora do cabo, macia igual manteiga esfregada no pão quente.

— Seu Oswaldo, seu Oswaldo... com tudo o que o senhor teve e tem, seu Oswaldo — falou tão devagar, o olho vidrado, parecia assim olho pintado em boneco de madeira —, pra tudo isso o senhor nunca que deu a menor da atenção.

Como havia levantado muito a mão, a lâmina escorregou de novo pra dentro do cabo e o Garoto gostou. Achou engraçado o barulho da navalha. Então foi andando em volta do Velho e olhava bem para ele, para seu rosto de bochecha murcha, o peito aberto na camisa de pijama, pelos grisalhos e tortos, os braços largados na cama, as veias. No braço direito, o tubo de soro sumia na pele debaixo do esparadrapo. Mas no outro braço, a veia era azul e saliente, quase grossa na sua palpitação. E o Garoto pôs um dedo ali nessa veia, e conferiu se havia calor na pele do Velho e com a outra mão, foi fazendo o mesmo gesto, pra frente, pra trás, a lâmina acompanhando, entra-e-sai do cabo, entra-e-sai e soltava um barulhinho, vuuc-vuuc, vuuc-vuuc...

Era muito-muito doido o Garoto perceber que sentia inveja do Velho? Assim, daquele caco quebrado na cama, não. Mas do *antes*, do que o cara teve na vida e desperdiçou? Ter inveja da preocupação na voz do Rubinho, em interurbano, ligando no aniversário pra conversar com vovô? *De Capitão?* Inveja do Velho ter Capitão, um cachorro bom, dedicado... mas agora o Garoto já tinha cuidado dele, antes de ir ao hospital já tinha acertado o cão.

— Seu Oswaldo, seu Oswaldo... — repetia e andava em volta da cama, decorava cada pedaço de carcaça daquele safado, malvado, velho-ruim, egoísta, desprezível, reclamão — por que o senhor não morre, seu Oswaldo?

E a lâmina se mexendo no ir e vir, pelo ar... vuuc-vuuc, vuuc-vuuc.

O Garoto sentou na beira da cama. E ficou olhando tanto e sem piscar, tão concentrado, que o olho ficou vermelho. E uma água escorreu do canto esquerdo do olho.

— O senhor não morre porque Deus não quer, seu Oswaldo.

O Garoto abriu a pochete, pegou a espuma de barba, colocou um pouco num copo, botou água do pote e aí mexeu a mistura. Encostou o dedo na cara do Velho, puxou a pele do queixo, deu nojo, era pele mole, flácida. Ajeitou o pincel de barba, deixou a lâmina no travesseiro, para usar logo depois.

— O senhor nunca perguntou meu nome, seu Oswaldo. — Passou com cuidado a espuma pela face esquerda, catou a lâmina, testou num fio atrás da orelha do homem, achou que estava bom. — Podia ter perguntado, mas nunca quis saber... — Foi devagar esfregando a lâmina naquele lado da cara do homem. — Pra mim, também, o senhor era só o Velho, um homem nojento, sem-vergonha. Faz assim — falou e riu, porque demonstrou o que queria, colocando a própria língua empurrando a bochecha, mas é claro que o Velho não fez, então alisou como pôde a pele molenga com o fio. — Mas o seu neto disse o nome, o Rubinho... que está esperando a visita do vovô Oswaldo. Desse canalha do vovô Oswaldo. — Pegou uma toalha, tirou o resto de espuma, conferiu seu trabalho, alisando a pele, aprovou. — Está vendo, eu devia ser barbeiro! Ia ter uma profissão... barbeiro de doente. Ou de defunto, hein, vovô?

Levantou da cama, deu a volta. Empurrou devagar o frasco de soro, abriu espaço para se ajeitar sem atrapalhar tratamento. E recomeçou a barba, ensaboando a face direita.

— Sabe, seu Oswaldo. O senhor não perguntou. Eu também nunca que disse... — O Garoto limpou o fio da navalha na toalha, um gesto mais forte que rasgou o pano e quase lhe cortou a mão. — Mas agora vou dizer. Meu nome é Oscar.

O Garoto teve de se apoiar melhor no peito do homem, para alcançar os fios debaixo do nariz e nisso, ficou tão perto, que falou mandando bafo na carinha do vovô:

— Então eu não sou pivete, drogadinho, moleque, Garoto, trombadinha, ladrão. Eu tenho nome. O senhor não vai dizer, "muito prazer, Oscar"? — A lâmina esfregando na pele fez um leve ruído de raspagem. — O que está achando do meu serviço?

Mais espuma, espalhada com vontade... O Garoto estava tão concentrado para não errar, que até botou a língua fora da boca, deu uma mordida de leve.

— Mas não é Oscááárrrr, com r de caipira. Pelo menos, nunca foi assim que a mãe chamava. Ela preferia Óscar, que nem de gringo. E sabe por que ela botou esse nome? Quer saber? Deixa que eu conto.

A história do Garoto. De quando o Garoto tinha um nome. E o nome era Oscar.

Nasceu na periferia, o que já diz tudo: não é centro, é borda, beirada, escorre fora do que interessa. É o que ninguém quer, é assim resto de cidade. Com resto de povo, né não? E como tem resto de cidadão, recebe resto de benefício. Rua asfaltada? Faz-me rir! Trabalho? Só pra lá-de-deus-me-livre, depois de um monte de condução. E mais lazer, educação, moradia, abastecimento, participação? Palavra bonita pra ser falada em época de eleição. Né não?

Mas...

Bate na boca e morde a língua quando falar dos viventes do lugar. Sem bó-bó-bó e choradeira, que tem muita gente boa na periferia. Alma sebosa de monte, mas tá na régua; tem gente forte, gente de briga, da virada. Aliás, coisa que a vida me ensinou e a pós-vida confirmou, é que gente é gente. Se rico ou pobre, isso tem pouca importância, diante do mais-importante-da-vida, que é o jeito de se levar a existência...

Tu já ouviu a historinha do meio copo com água? É por aí. Tem quem fale que o copo está meio cheio e quem afirme que está meio vazio. E tem também — ainda bem que é coisa rara! — quem prefere o copo seco, sem uma gota, só pra ter certeza, absoluta certeza, daquele direito que lhe cabe nessa vida.

O pai do Garoto era desse tipo.

Um homem seco, o Adamastor! Vai ver que pela natureza: sua vila nordestina era muquirana em chuva e ele ficou assim. Seco de corpo, de cara. Seco de carinho e, mais ainda, de palavras.

Mas Noêmia, mãe do Garoto, gostava. Vinha de família de falantes, de briguentos, gente de voz alta e gesto rude e de tanto ouvir berro do pai, bronca de mãe, grito de irmão com cunhada, aprendeu a respeitar a sisudez do marido.

Quem sabe, até, confundia secura com santidade!

— Homem bom, homem sem vícios! — dizia a quem quisesse ouvir. — Sabe lá o que é isso? Coisa rara, de se agradecer ao Senhor! —

continuava: — Não bebe. Não fuma. Jogo? Nem em sonho, deus-qui--mi-livre! Mulher? — Aí Noêmia dava risada e uma pancadinha de leve na própria barriga. — Se é pra fazer neném, Adamastor é homem que prefere fazer isso em casa.

E como Adamastor fez neném! A cada ano e meio, por aí, Noêmia pegava barriga. Algumas não vingavam. E, das que vingaram, três anjinhos voltaram ao Céu antes dos dois anos completos. Mesmo assim, quando nasceu o caçula Leonardo, a família se completava pelo casal e seis filhos, meio a meio na divisão de macho e fêmea.

Noêmia adorava ficar grávida! Eram nove meses em que tecia o feto e a sua biografia: de que o neném ia ser lindo, famoso, rico, feliz. Quanta imaginação! Caçava um nome para o advindo com carinhos de predador atrás da presa. Afinal, tinha lá suas crenças à moda índia, mesmo que tivesse um bisavô europeu: se capturasse bem a imagem, ficava com a alma do retratado... por isso, do mais velho, Máikol, ao caçula Leonardo, homenageou astros da música e do cinema estrangeiro e vieram também Juliarobes, Madona, Angelijolie e Oscar — esse último com o nome do próprio prêmio, que lhe pareceu mais fortuito do que só nomear algum mortal premiado.

Curioso era que Adamastor não invocava com essa mania da mulher. Se não dava apoio, também nunca fez ataque algum àquela premiação e a essa pequena felicidade. Porque no mais, como ele podia ser duro, no criticar outras alegrias!

— Homem sem vícios! — Noêmia podia dizer, boca-pra-fora.

Mas no boca-pra-dentro, será que não percebia? Será que não desconfiava do vício mais secreto, mais querido, do seu querido marido?

— Homem bom — ela dizia.

Era *tão bom*, o Adamastor! Bom, mas bom mesmo, tão-tão bom, tinha era ódio dos vícios. E esse ficou o seu: caçador de vício alheio.

E agia, quase sempre, com uma fúria concentrada. Porque o pecado, o vício, o defeito, é bicho que se disfarça... em sorriso, moda, comida, passeio, dança, beijo, gargalhada. E Adamastor farejava a alegria nos cantinhos, desentocava ela, e matava, que nem barata.

Juliarobes juntou dinheiro, guardou, depois de tempos comprou uma blusinha decotada. O pai nada disse. Certo dia, Juliarobes procurou na camiseira aquela peça desejada e achou, cheia de furos, suja, inútil, a camiseta, toda rasgada... Oscar era menino risonho, boca-fácil, divertido com tudo, gostava de dar gargalhada. De tanto ouvir "tá rindo de quê?", foi aprendendo a desviar o sorriso, a baixar olhos, a ter riso-preso, a controlar a risada... Máikol puxou da mãe os olhos grandes, claros e pestanudos. O pai não lhe trouxe, um dia, um par de óculos escuros? Como se fosse presente. Era não. Era esconderijo, era tapume, para um olhar assim moço, viciado e exibido.

Todo mundo morando num cômodo a meia quadra do córrego das Três-Marias. Chamavam aquilo de casa.

E era: quando o pai não estava.

Porque desde-sempre Oscar e os manos descobriram que havia duas mães, duas casas e duas vidas: uma, quando estavam sozinhos. E havia outra coisa, que eles também chamavam de vida, quando o pai aparecia.

O segredo da mãe era o rádio. Dia inteiro, Noêmia falava. Deixava os filhos em volta e cuidava da casa e ia, misturava o dia a dia, o que ouvia no rádio, casos da própria família, gente viva, gente morta, histórias de arrepiar (também ouvidas no rádio), vontades que teria se-fosse: se-fosse rica, se-fosse linda, se-fosse artista, se-fosse gente e se-fosse feliz.

Até que era! Desse seu jeito, era muito feliz.

Desde-que fosse Noêmia. E falasse. E desde-que nunca dissessem que tinha um segredo do marido. Isso, nunca. Mas era Adamastor apontar na esquina, aproximar sua hora de chegada, que o rádio desaparecia, que o assunto murchava em sua boca, que ela se punha a vigiar a família, antecipando a escapada.

Porque cada um, à sua maneira, encontrou forma de escape, de traçar fuga dessa marcação pesada, da mão de caçador, homem bom!, tão bom que era, esse tão sério vivente, o pai do Oscar, o seu, o nosso honesto Adamastor.

Máikol, por ser mais velho, talvez tivesse menos treino nas belas artes do disfarce, do quem-disse?, do não-me-diga, do faz de conta e da dissimulação. Ainda novo, foi pego em flagrante! Pecado brabo. Era bom moço. Gostava de menininhos. Gostava tanto! Era também quase-

-menino, quando foi expulso de casa. Sumiu no mundo, o mundo levou, o mundo comeu, como disse uma irmã: "antes ele do que eu".

Mas cada um teve seu tempo, ah, se teve!

Adamastor aprendeu com seu mais velho e marcou firme na mais velha, Juliarobes. A moça mal saíra dos 15 anos, quando assim se viu casada. Com um patrício do pai, cabra sério, quase tão seco de vícios quanto o próprio Adamastor. Quando Oscar saiu de casa, em seu próprio tempo de fugida, sabia da irmã com a terceira barriga, já mulher de corpo, de cara e de sina, os olhos sumindo na sombra do marido, homem sombrio.

Madona foi de empregada para uma família distante. Parece que se esqueceu do bairro, das amigas, dos de-casa, pouca notícia mandava, menos telefonava, imagine escrever! Dizem que gosta da patroa, dizem que adora o patrão. Se é maledicência, que se dane; se é verdade, nunca se soube, pois jamais a história se confirmou.

Angelijolie, Oscar e Leonardo, os caçulas, sempre foram muito juntos. Unha e carne: na casa, no estudo, na rua, no se-proteger — contra as maldades da vida ou a fraqueza de Noêmia ou a dureza de Adamastor.

Em casa eram anjos. Um sabia do segredo de outro, mas dizer? Nunca-que-nunca. Um túmulo, a boca de cada criança!

Estudo? Claro que sim, mas morando em bairro distante, tão longe dos olhos dos homens, tão na *periferia* — esse nome não diz tudo? Escola municipal com algum nome de bacana, mas gaiola de criança, quatro turnos, escorre pivete pelas beiradas. Esse, o estudo.

E o lazer?

Ah, o lazer!

A droga é o *playground* da periferia.

Aqui é bom dar um tempo e fazer uma explicação.

Droga não se pega, porque não é sarampo; também não contagia, de bom-menino pra mais ou menos ou de maloqueiro pra doutor, viajando no ar que nem micróbio, peste, constipação. Não é esse tipo de doença. Se droga for doença, está mais pra câncer de alma, tumor-e-dor, infecção dos sentidos, coisa que pipoca nuns e passa batido em outro alguém, sabe-se lá quem escapa e por que o outro tem.

Vai ver isso acontece porque a gente é só as galinhas de Deus...

Será? Tenho aqui minhas teorias.

As coisas estão no mundo, pra se pegar ou largar. O mundo tá aí, caixinha de surpresa, tudo pode ser aberto, toda tampa levantada, livre-arbítrio, é só querer. Mas tu faz? Tudo se experimenta, na vida?

Tu agarra um bicho vivo, bonito, descuidado, e esfola ele, mata aos bocados, só pra provar gosto de sangue?

Tu atocaia um vivente nas quebradas, irmão de alma, e enfia uma faca na barriga, sem ser guerra, sem ser raiva, até sem roubo ou vontade, só pelo bom motivo de ver o olho do cabra estrebuchando no medo de te reconhecer matador?

Na cama, no sexo, no rola-e-mexe, vale tudo, qualquer coisa? Prazer de corpo, qualquer corpo, mais de um, e gente e bicho e multidão? É assim que vale o sexo? Tudo e sempre, em qualquer ocasião?

Ou então tu pega arma, engatilha, bota bala — uma só! — e faz o jogo com sua vida, roleta-russa, roda e roda, encosta o cano na testa, nem treme nem pestaneja, ora veja, e pum!, atira, é agora?, só pelo gosto do faz de conta da boa-hora, de antecipar a partida, seu ora-veja no Além?

Tem quem faz.

E quem não faz. E, ainda bem, maioria.

Com a droga é a mesma coisa. É fronteira ultrapassada, é experiência pesada, é rua atravessada, na fronteira de uma terra de ninguém.

*É perigoso*, sussurra uma voz na orelha.

E do outro lado, respondem: *mas é bom*.

*Caminho sem volta*, falam de novo.

*Quem disse que eu quero voltar?*

A voz insiste: *Tem seu preço...*

E a resposta: *Não vou dar calote; o que uso eu vou pagar.*

Pois é! E quando menos se vê, já está pagando, e muito caro, por ela.

E não pense, mermão, que tem esse papo de brinde como armadilha, traficante-pipoqueiro, vício escondido em bala, amostra-grátis em chiclete, inocência violentada na cilada de "não vi, foi por acaso, não sabia, me enganaram, oh, coitadinho-de-mim, inocente garotinho, fui enganado".

Livre-arbítrio: quem procura a droga, sabe bem o que ela é. E onde ela está e o que faz. É que nem o menino que mata um gato a paulada dizendo que não tinha intenção de esmagar o bichano. Grupo, xará! Ele foi pego no flagra, assassinando a criatura, e jogou conversa fora, blá-blá-blá pra boi dormir, se fazendo de inocente. Mas *sabia* o que fazia. Pode não gostar das consequências, pode odiar o flagrante, desgostar do nome brabo que o mundo vai dar pra ele. Mas *sabia*.

Droga é que nem rio ligeiro em dia quente. A água refresca e agita, mas... azar o teu se, afogado, não chegar do outro lado. Azar o teu se ficar boiando no mole, sem dar pé em parte alguma. Entrou porque quis. Não finja que não sabia nadar ou que tu pensava que o rio era manso.

Agora, sair do rio?

Aí são outros quinhentos.

Porque pra entrar bastou gosto. Desejo, prazer, vontade.

E uma dose imensa, gorda e farta, de uma boa curiosidade...

Menino é bicho curioso.

Mesmo quando não é maldoso, assim de usar taturana como peteca ou estripar passarinho pra saber se ele tem pena por dentro.

A voz do povo não diz que a curiosidade matou o gato?

Pois é: o gato-Oscar era mais curioso que a maioria dos meninos. Principalmente com as coisas do próprio corpo.

Ver limite, ver coragem.

De pivete, brincar de besourinho. Como, mermão, não sabe o que é besourinho? Pois junte uma molecada e uma caixa de fósforos. Numa roda, vem a provocação: "Tu guenta?" "Guento." "Guenta, não..." "Duvida? Morre quanto?". E aí sempre se aposta alguma coisa: bala, chiclete, papel de pipa, bola de gude, carrinho, canivete, a honra, a alma, ou a consideração.

Os moleques pegam um fósforo, riscam, deixam virar brasa devagar. Espetam na pele da mão daquele que jura coragem e acendem de novo. Aí se fica olhando... o foguinho desce pelo pau, gruda na pele. O grupo em volta, conferindo... Brota suor gelado na testa do testador, olho assim arregalado. E se comenta: "Ele guenta?". E da pele vem o cheiro de queimado e a brasa entra na carne e ni-qui o cara ameaça pedir arrego, tá lá o povo cobrando prova de fogo, alívio de ver que "ele guenta": sua marca de bolha, que é marca de homem também.

Quer mais? Se é marca de corpo, tatuagem, moleque faz de montão. Tem um que descola aparelho cadeeiro de tatuador e vem, agulha por agulha, botar desenho na pele: águia, leão, coração, rosa, cravo, pôr do sol, sereia, tocha, dragão, foguete, sol, lua, mulher nua. Mulher!, não é outra provocação? "Experimentou? Pois duvido." "Fui na zona, vem também." "É bom?" "Claro que é." E vem risco do deboche, da mulher se-rir do cara, do mau jeito, do tamanho, quanto é, como se faz, o quê por quanto, e o medo: de doença, da coisa toda não dar certo, do pai saber, do couro comer em casa, do pecado, ah, Adamastor, se tu pega filho em zona, se tu sabe desse vício! Mas pai nunca que imagina e menino se regala de descobrir como que o sexo é bom...

Vício, risco, correria, tem um dia que aparece o cigarro. Dar tragada, como é? Fumaça entope e engasga, dão risada, mas começo é mesmo assim: de outra vez fica mais fácil, e na vida tem tantas primeiras vezes... Outro dia é baseado; mais adiante, uma bola, ou farinha, primeiro porre com água-que-passarinho-não-bebe... tem quem ache besta e saia, mas tem quem goste do risco. E, quando se vê, o cara se arrumou com a amante, sua querida, sua droga especial, o tudo-eu-faço-por-ela, eu-te-amo-e-sou-teu, somente-teu, pra-todo-o-sempre, meu-amor, amor-e-dor, nunca essa rima deu um samba tão bonito, tão rimado e verdadeiro.

— E quando vem a droga, Vovô, tem o dinheiro...

O Garoto levantou da poltrona, andou em volta do paciente, foi até a janela do quarto. Pela janela se via um pedaço de céu e, nele, uma nuvem muito branca se coloria de luz, quase hora do pôr do sol. Explicou e riu, sem olhar pra trás, o olho só na janela:

— Não é que *vem* o dinheiro, seu Oswaldo. Ele vai. Pra droga... e não é que o dinheiro não tinha importância antes, Vovô. Mas mais ou menos: tudo bem se tinha, se não tinha... quando a gente é pivete e pobre, já falta de tudo mesmo. — Deu de ombros, puxou a gola no pescoço, um frio fora de hora. — Mas quando a gente vai viciando, vai sentindo falta da coisa. E, pra conseguir, tem de ter o faz-me-rir... — Esfregou o polegar no indicador.

— ... a grana, o tutu, *money*, mais-valia, a bufunfa, o quero-o-meu. E onde conseguir dinheiro?

No fim de mundo, na periferia, mesmo pra homem-feito o emprego é coisa rara. Então onde conseguir trabalho? Ainda mais pra pivete, drogadito, meio-quilo, quase-nada? E tem mais: precisa ser grana enrustida, meio por baixo dos panos, pai não saber, mãe não contar, grana que não vira presente, nem vira caderno, tênis, mochila, roupa, comida, passeio, perfume, mas vira tudo e vira nada, no consumir substância, virar pó, fumaça, pedra ralada.

Ah, mas aqui pode me chamar de filósofo! Xará, sou anjo mas não sou 13. E teve aí um cabeça-boa, testa-alta da velha guarda da humanidade que disse uma vez: "A necessidade é a mãe da invenção".

Tu conhece alguém mais necessitado que dependente químico na hora de resolver a fissura? Pois então dá-lhe invenção: Oscar e os coleguinhas da droga faziam de tudo um pouco pra arrumar o seu bem-bom.

Pegar lata na rua e vender? Tá limpo. Fazer ponto em farol, caixa de bala no colo, faturar os motoristas? Também. E, quando não se tinha coisa de venda, era a hora de pedir. De mentir bravo e enterrar parentada, ver desgraça, coisa de comover o ouvinte, desde-que viesse *money*, e... se não desse coragem de pedir nem se tivesse o que vender, pegava.

Furto mesmo! Aqui, óculos de sol dando sopa em mesa de lanchonete. Ali, varal de roupa em quintal de dona de casa. Ou bolsa aberta de madame, na compra distraída em loja. Tudo virava dinheiro e todo dinheiro virava desejo e tudo se arrumava, quando a mãe-necessidade estava berrando, desgrenhada, comandando, dona ingrata, a sua ordem de é-pra-já.

O olho do Garoto se afastou da janela e grudou na parede: era como se ali visse os retratos... que se mexiam e desenhavam, rostos da pivetada surgindo no branco, um por um, fotografia da memória que o Garoto arrancava de dentro da sua cabeça. E ele viu o Pé-de-

-Anjo, Zé Maloca, Alemão, Creolina, Zé-Dodói, Tripa, Minhoca, Lesma, Bonitinho.

Foi ver toda aquela meninada para o Garoto lembrar.

Lembrou do Celso. E nem na parede nua, nem na lembrança, nem na fotografia da memória, esse tal Celso sorria. Pelo menos, não com a boca. Era um menino que, se ria, só-ria pelo olhar, concentrando a gargalhada no brilho que afiava na cara dos outros, que nem faca. E, se Oscar soubesse usar de palavra bonita, bem que podia nomear o tal Celso como *melífluo*. Coisinha doce, que escorria que nem mel, mas era viscoso, teia de aranha, já que não conseguia vestir a pele da própria aranha.

Eh, a voz do povo bem diz que "quem parte e reparte e não fica com a melhor parte, ou é bobo ou não tem arte"! Pois então: Adamastor se revelou mau artista e deu de gostar, dentre todos, justo desse pivete, do Celso!

— Gostar não, Vovô, que o pai nunca chegou a tanto, mas. Não desgostava, o que já era muito. Aceitava em casa, puxava conversa!, coisa mais rara. E o Celso nem era amigo, era chegado, cara do grupo. Fazia as mesmas coisas que a gente. Só-qui nos olhos do pai, o Celso parecia mais. — O Garoto parou, passou a língua, rilhando, nos dentes da frente, tempão. Lembrou. Lembrou, sorriu e falou: — Oscariado! O Celso não me batizou de Oscariado? Judiação, porque meus dentes são tudo bão, branquinho...

Justo desse, que botava apelido nos outros, mas não tinha alcunha própria; justo desse, de fala mole e macia, igual banguela comendo manga, que nem mostrava o dente a ninguém; justo desse menino, de cara e maneira iguais às do bando que ficava em rua, mas, ah, justo desse Adamastor gostou! Assim deu quase-amizade, sentiu por ele um cisco de amor. E por quê? Quem sabe por que duas cobras se enroscam nas mesmas dobras e igual tem no seu igual a justa ideia do respeito, da confiança e da fé.

Foi isso que desgraçou Nosso Garoto. E ele seguiu falando:

— Foi ele, seu Oswaldo. Tenho quase tanta certeza que foi ele, o Celso, que pegou as coisas do pai, que podia jurar o dedo e cortar. Podia já estar na droga, na correria, furtar coisa, fazer dinheiro. Só que de casa não. Até porque em casa nada tinha de valia! Só a aliança da mãe, sempre na mão. Ou aquele livro de oração do pai..

Não era Bíblia, nada tão grande. Era xodó, peça de memória de um Adamastor-menino, vai ver por isso tão valioso, um livro de reza, papel dourado, da cor-de-ouro, com encadernação (isso quem sabe valesse coisa), material forte, talvez de couro, material bom.

Um dia, sumiu. E ficou aquela velha história do bairro, do ninguém--sabe-ninguém-viu.

Mas, dessa vez, se soube. E se viu, como se viu! Bastou Adamastor dar falta e ir atrás. Localizou bocas, histórias. Local e data de furto, motivo da coisa, identificação do gatuno: "Crie corvos, que eles te furam os olhos", diz a voz do povo! E Adamastor teve certeza: o passarinho--furtivo comia no seu viveiro.

— O que mais doeu, Vovô, nem era surra, que isso podia vir sempre. Nem bronca, gritaria, que o pai não era homem de berro e, se fosse, por uma vez não se ficava surdo. O que doeu mais que tudo foi o jeito dele olhar. Foi o olho que dizia "tu não vale nada". Eu podia jurar na Bíblia e chorar e gritar, prometer e dizer, desdizer, falar e falar e falar, até perder a língua se fosse, mas ah! O pai não ia acreditar. O olho dele dizia: "Foi tu. Tu não presta. Tu é mau. É ladrão. Tu é um lixo"... e isso eu não podia aguentar não.

O Garoto voltou a encarar fora da janela. A noite tinha chegado e a hora do *rush* trazia até o quarto o barulho distante dos carros, as buzinas, o congestionamento que devia estar na avenida, a confusão. Mas o hospital era estranha ilha de calma, no seu ritmo, na sua própria rotina ou não rotina de outro cotidiano, diferente dos normais, com a doença, a vida, a morte, a dor ou, quem sabe, afinal o descanso e a serenidade.

E o Garoto continuou falando. Nem olhava para o doente, nem via a noite chegando, mas foi falando e falando, conhecia outras bocas, outros pivetes. Era só querer: a rua sempre trouxe os seus braços bem abertos... só sair. Cair no mundo. Quem iria reclamar?

Em casa? A mãe não reclamou — será que sabia? Talvez sim ou talvez não, mas no bairro, periferia, é duro ter filho drogado, moleque-pivete, ladrão; já se ele fosse embora, era a sina, mais um filho pelo mundo, como pássaro que escapa, ave de arribação. E os manos, que diriam? Mas que manos? Os mais velhos, já andados, já largados, sabem-lá. Para os dois que contavam, Angelijolie e Leonardo, menores, o que dizer, o que falar? Não tinham de cuidar da vida, da própria vida, e, mesmo que quisessem ajudar, nunca poderiam jogar no time do mano, ir contra a palavra do pai ou enfrentar a má vontade da mãe. E depois eram *gente*! Gostavam até de estudar, nunca ficaram nas bocas... Oscar preferia imaginar que continuariam assim. Era esperança boa de se crer, para o futuro, ter irmã moça direita, ter irmão sério, doutor. Isso ficava uma pequena esperança de virar realidade, não ser só o sonho, a vontade, desejo frouxo ou ilusão.

E o Celso? Ah, o seu judas não disfarçava alegria, ainda mais quando se é mel, e o melífluo deixava o doce escorrer, baba-doce do seu plano que deu certo, fazendo o gentil bota-fora de seu velho desafeto, e sua vitória gritava, canto belo de euforia: "que-bom, que-bom, que-bom, ele se f*eu; antes ele do que eu"...

Por quê? Isso tu bem pode perguntar: Samuel, meu anjo, por que o moleque fez isso? O que o Celso ganhava, pegando coisa do pai e botando culpa no filho? Entregando o companheiro, dando a ficha, prejudicando sua raça de drogado e de ladrão? Os dois não eram iguais, tanto em vício como em grupo, bando, jeito, atitude? Isso tem explicação?

Tem, e eu vou contar. Quer ouvir minha historinha? Paciência, tem pra ouvir?

Era uma vez um sabiá, fazendo no galho da árvore aquilo que a natureza deu de bom pra ele fazer: cantar. E como cantava lindo o sabiá! Não tinha bicho na floresta, bicho de pelo, de pele, de pena, de escama, que não parasse de fazer o que tivesse de fazer e não ficasse ouvindo... tão lindo, tão lindo, o canto do sabiá.

No galho vizinho morava um urubu. O urubu não era surdo e bem que ouvia também as cantigas do sabiá. Mas, se os outros bichos paravam, alegres e enfeitiçados, na magia boa daquela voz-maravilha, aquele presente da natureza para um sabiazinho cantor, o urubu não sentia desses bons desejos não. Ele sentia é rancor. Ele tinha era raiva... e um dia — certo dia sempre tem, na paciência dos injustos — ele pegou o sabiá. Deu bicada com tanta fúria que derrubou o coitado.

E os dois lá: o sabiá moribundo, olhinho de medo e de espanto, e o urubu em cima dele, preparando sua bicada fatal. "O que lhe fiz?", disse o cantor, “Senhor urubu, o que lhe fiz de tão ruim para o senhor me matar?”. “Nada”, reconheceu o outro, “nada de mau tu me fez, sabiá”. “Então por que acabar comigo? Acabar com meu canto, que tanta alegria traz para os bichos da floresta? Por que encerrar minha carreira, calar de vez essa voz, esse dom da natureza?”

Tu sabe a resposta do urubu? Não lembra, nunca que ouviu? Pois então escute bem:

— Porque a natureza da tua voz é linda e a minha é feia. Porque tu alegra os bichos e eu sou chamado de agourento, coisa-ruim que atrai azar. Por que eu te mato? Eu te mato porque tu tá vivo e eu te mato porque eu não sou você.

Tá certo, tá certo, forcei a barra chamando um Garoto drogadito de dádiva da natureza, mas tu entendeu a comparação. Inveja é fera de olho verde, olho sem fogo, brilho gelado de secar pimenteira, mermão! Eram tudo pobre, eram tudo ferrado, comendo da mesma banda fedida do pão, mas. Tinha um mas: Oscar tinha pai. Tinha casa, tinha mãe. E ele era. Era o que o outro nunca seria, nem na cor nem no cabelo, nem no sorriso com dente claro-bonito, ou mostrando corpo meio que alto e meio que mais-ou-menos ajeitado... e se o Celso tivesse chance de, em vez de enterrar nele o ferro da mentira e da calúnia, meter o da ponta aguda, ia acertar coração, sem suar de remorso, sem revelar piedade, sem ter dó ou a menor da consideração.

Entendeu o que é maldade? Agora sabe o que é pecado, aquilo que eu chamo de vício, marca fedida em alma-sebosa, ruindade sem volta, o Cão com os dentes de fora, babando na humanidade, através da mão de um mortal? Sabe? Pra mim, nem é, assim, o assassinato, defendendo a própria vida. Nem é o roubo, coisa da necessidade (vício é necessidade), coisa feia, mas de egoísmo e, dependendo do roubo, é chatice, safadezinha pequena. Ah, amigo que me ouve, o Mal é mesmo outra coisa! É vício de alma, é o nojo, a marca de ferro em brasa por dentro do coração. Pra mim, é isso, o Mal é feito sem vontade, é gratuito, vem sem paga, “eu te destruo porque nunca serei tu. Rasgo a coisa-bonita de que tu gosta porque nunca será minha. E se não é minha, nem será tua ou de qualquer outro alguém”. Isso é pecado. Isso é o Mal.

Opa, mas me deixa pegar leve, xará. Estou aqui falando, falando, e nem mais vivente eu sou. Aqui eu, o Samuel, tenho só a pequeneza do papel de ser apenas um anjo. Sou da guarda, faço parte da legião, mas.

O De-toga, Quem tem a Lei, o castigo, a regra, o presente, a vitória, o Bem e o Mal, é o Mais-que-o-homem, o Generoso ou Punidor, isso é Ele, na Sua vontade.

A vontade do Senhor.

# A segunda chance

"Há pessoas que choram por saber que as rosas têm espinho,
há outras que sorriem por saber que os espinhos têm rosas!"
(Confúcio)

JÁ FAZIA TEMPO era noite, mas o quarto do Velho continuava escuro. Oscar não tinha acendido luz e nem enfermeira tinha aparecido pra fazer isso ou pra trazer remédio, quem sabe ver se pelo menos o paciente continuava vivo. Eram só eles e Deus, na penumbra e no isolamento.

Então o Garoto pôde continuar e continuar falando:

— Ah, Vovô, Vovô, tanta vez que eu acho. Fico assim pensando se não é maldade das minhas ideias... eu já era bicho ruim, mais cedo mais tarde acabava mesmo na rua, o Celso nem teve nada com isso! Mas depois eu penso e repenso e *que coisa!* Se fosse só roubo eu ainda perdoava, se aquela grudação do Celso com o velho fosse butuca pra afanação, vá lá. Mas era não. Era coisa preparada... era roubar as coisas do pai, as coisas de coração, e botar culpa ni mim. Sabe, Velho; desculpe, jurei que nunca mais te chamo assim, seu Oswaldo, Vovô, General — ele falou e ele riu, o riso virou quase-grito. — Mas. O que não se desculpa nunca é o detalhe, é o tudinho que o pai sabia de mim. E pela boca de quem? Me diz, de quem? Tinha coisa que só quem estava junto podia dizer, coisa assim da correria, o Celso entregou inteiro, pro pai conferir. E claro que o Celso posou de bom. Dele, não contou foi nada. Eh, Vovô, e dizer que o Celso era dos que tomava baque... vivia botando fogo nos canos e dava a dica, "vem também, Oscar, é bão, exprementa". O Celso!, ele, se exibindo de anjinho.

Ah, Garoto, Oscar! Sorri da ingenuidade... Quem disse aos homens que anjo da guarda é bom? Se são *da guarda* são soldados do Senhor, formam legiões de justos! Um guerreiro pode erguer a espada, para justar ou punir, mas sem piedade e sem dó, isso fica para os santos, os beatos, sei-lá-quem, mas em mim não, essa bondade sem volta não é parte da minha constituição.

O que sei é que estava ficando orgulhoso daquele menino, reagindo! Sorri com sua revolta, coisa boa! O Garoto escapava da malemolência drogada, saía da terra sombria, arrancava a nuvem dos olhos, a fuligem que tornava a vida cinza.

A vida é cor, mermão, é sempre cor e tem de ser definida, cor-de--rosa, verde-musgo, azul-claro ou o mais escuro negrume, mas é firme, nunca é um lusco-fusco, cor-de-burro-quando-foge: isso é morte!, a Indefinida das Gentes.

E continuei ouvindo a conversa do Oscar, longo papo dele com ele mesmo, fingindo que conversava com doente, que fazia confidência para o outro, o Vovô.

— E por que ele fez isso, seu Oswaldo? Por quê? Hoje eu fico pensando, penso nisso, tanto... Foi só de ruindade? Era o pai, que ele queria? Era isso, aquele pai mais mesquinho? Se fosse, eu até dava pra ele, bocó! Toma, pega, o Adamastor é teu, tenha boa serventia, ah, ele nem precisava ser judas, e fazer aquilo tudo, a baixaria. — Oscar andou pelo escuro do quarto, suspirou e sentou na beira da cama. Ah, como eu fui 13. Se não fosse ele, eu talvez. Talvez nem saísse de casa. Nem caísse assim na droga de todo dia, tivesse a segunda chance. Mas fui bobo, trouxa, levei o Celso pra casa, deixei ele posar de anjo, santo, menininho, fazer suas caras e bocas... roubou as coisas do velho, botou a culpa ni-mim, riu e riu da minha cara, até me botava nome, Oscar? E me chamava de Oscar, por acaso? Oscar, nada, dizia era *oscariado*.

— Oscar, seu nome é Oscar. Nada de Oscariado. Isso não é verdade... Seus dentes são bons.

— É dente bão sim, mas eu. — E aí ele parou.

Parou porque no primeiro momento não entendeu que era resposta, parecia conversa que acontecia dentro da sua cabeça, mas aí descobriu que a voz vinha era *de fora*.

Era o Velho quem falava.

— Vovô... seu Oswaldo? É o senhor?

Deu a volta na cama, acendeu depressa a luz da cabeceira, luz amarela, mas que mostrou uma cara lisa, uma mão que se levantava, um par de olhos que piscava, e parecia divertido, assim jeito de criança que apronta alguma, num quase-pede-desculpa pelo transtorno da arte.

— O senhor, o senhor tá bom? Tá ouvindo, seu Oswaldo? Desde quando?

O homem fez um gesto com a mão, tentou erguer o braço que tinha o soro, percebeu o fio, voltou o braço e mexeu o outro, mostrando que seu tempo de ouvir podia ser muito, ser pouco... tentou até abrir risada.

*Risada!* Isso o Garoto não conteve. Riu mesmo, com vontade, gargalhada, seu olho até ficou vermelho e uma água ali brilhou.

— Ah, seu Oswaldo! Coisa boa, o senhor ficando bom! Era isso que faltava, era isso, eu. Olha, cuidei direitinho de Capitão. Ele tá lá na sua casa, comeu bem, andei com ele na calçada, limpei a areia dele, até dei banho e passei talco de pulga.... — Aí olhou para si mesmo, mexeu no terno, alisou a camisa, riu pra baixo. — É, isso é roupa do senhor, desculpa, tá? Foi emprestado. Aqui no hospital me arrumaram roupa, até coisa boa, mas eu tive aí. Um transtorno, entende? Então peguei essa sua, mas emprestada... Porque, no mais, tô cuidando, direitinho. Tá comigo, tá com Deus, seu Oswaldo, seu Oswaldo, que bom, o senhor ficando bom.

— A segunda chance — disse o Velho, calmamente.

E Oscar não entendeu se ele se referia a uma segunda chance sua, dele-Garoto, com a traição do colega, ou se era coisa do homem mesmo, do Velho, de viver e reviver.

— O senhor precisa de alguma coisa? Quer água, vou chamar a enfermeira, ver comida, tem jantar, tem...

— Deixa. Deixa, Oscar. Por enquanto... estou cansado.

O Garoto parou de oferecer e no peito deu foi um calor gozado, de ouvir seu nome falado — Oscar — na voz rouca mas calma de seu Oswaldo. E por bom tempo ficaram assim: o Velho olhando pro nada, se perdendo nas ideias, mas de calma expressão. E o Garoto, o Oscar, segurando a ansiedade, a vontade de ajudar, se perdendo em investigar as vontades, satisfazer qualquer pequena necessidade, no rosto do ex--doente, o Vovô, o renascido.

— Oscar. É verdade. Eu nunca perguntei seu nome.

— Também não queria saber o seu, Vovô. Chamava de Velho e só de Velho, desculpa.

— Não precisa desculpar, Oscar. Eu devia ter perguntado. Eu é que quis você por perto. Pra quê? Pra me ajudar, dar socorro...

— Fiz isso, Vovô. Seu Oswaldo. O senhor tá no hospital, tratam bem. Agora o senhor fica bom, vai pra casa, tudo certo.

— Não fico bem não, Oscar. Fico nada.

— Não diz isso, seu Oswaldo.

— Eu só queria ter. Eu bem queria ter. A segunda chance.

— Vai ter uma segunda, uma terceira! Um montão, seu Oswaldo.

— Tenho não. — O Velho moveu o rosto, bem devagar. E, se até aquele momento olhava para o nada, aí voltou os olhos para o outro, como se visse o Garoto numa primeira vez. — Você é um bom menino. Tomou conta da casa, fez as coisas que eu pedi. Lembra do que eu pedi?

— Pediu ajuda ao convênio, pediu pra telefonar...

— Não, não... — Seu Oswaldo de novo moveu a mão.

O Garoto foi adivinhando (no peito, bem no fundo, claro que tinha adivinhado!), mas preferiu fingir que era outra coisa:

— Cuidar de Capitão! Cuidei sim, ele tá bem...

— Não, não.

— Aqui eles acertaram tudo logo, direitinho; o senhor tem quarto bacana, um serviço de primeira, precisa ver, Vovô, o que...

— Não. — Conseguiu tocar o braço do Garoto, ele parou de falar, rosto corado, os olhos de um entraram bem nos olhos do outro. — Eu pedi, Oscar... pedi pra não morrer sozinho.

— Morrer, não diz isso!

— Por que não? Oscar, por que não? Todo mundo tem seu dia, e o medo... o medo diminuiu.

Diacho de olho vermelho, por que o Velho dizia isso? Havia medo sim, *mas nele*, no Garoto, no seu peito, um medo que mordia o coração que nem cachorrinho novo e deixava a batida, o tum-tum apertadinho e tinha sua boca seca, a vontade de gemer, chorar baixo, que nem o choro do mesmo medo-cachorrinho, então mordeu boca, apertou um lábio no outro, sem jeito de desdizer, vontade de contrariar. Mas foi ouvindo.

— Então é assim que a gente se sente? Pra morrer? — disse o Velho. — Vem uma paz. É estranho, mas vem paz. Coisa mais calma... uma dor fininha, também. De que, se tivesse chance, se dessem segunda chance... fazia coisa, ah, se fazia! Diferente.

— O que o senhor fazia diferente?

— Não sei. Acho que olhava mais em volta. Tentava ver as coisas boas que a vida me deu. Reclamava menos. Visitava mais a família.

Nisso ele suspirou e Oscar pensou se devia contar do Rubinho. Mas seu Oswaldo continuou falando:

— Podia ajudar os outros. Dividir com os outros... por que não pensei nisso antes, em convidar alguém assim que nem você pra morar comigo? A aposentadoria não é boa, mas bem que sustentava mais um. Não é mesmo? Que custava, ver escola, roupa, botar um garoto no rumo certo da vida... não é, Oscar?

Oscar fez que sim com a cabeça, mas pensou que ele mesmo, antes do hospital e de ver a morte de perto, bem que podia recusar aquela ajuda de ser gente, de sair da droga só pra virar moço-de-família, mudar das bocas pra ter casa, escola e prato de comida.

A mão do Velho alisou de leve a pele do braço do Garoto.

— Segunda chance... Oscar. E se eu. E se eu convidasse agora? Você vinha?

— Como assim, Vovô?

— Morar lá em casa. Cuidar do cachorro, das plantas, fazer compra.

— Ser ajudante de verdade?

— Ser companhia. — Tentou rir. — Você já me chama de avô, então...

— Ser assim, igual um neto? É isso?

— Se vou cuidar de você, se você vai cuidar de mim... acho que é isso. Neto e avô. — Outro suspiro longo. — O que você acha, Oscar?

O Garoto engoliu uma pedra dura na garganta, junto com o bolo do choro que se formava no olho e devagar puxou o braço de debaixo da mão do homem e ficou meio afastado e tinha medo nos olhos e tinha um monte de coisas — sentimentos —, coisas há tanto tempo esquecidas, sabe lá se renascidas!, mas foi com a alma leve, com coração assim fraco, que empurrou a voz pra fora e conseguiu responder:

— Acho que hoje ia sim gostar disso, seu Oswaldo.

E muito desajeitados, os dois cascas-grossas, dois bicudos-não-se-beijam, com esforço e calma e jeito, *conseguiram!* Tiraram do fundo de cada um a vontade e se deram, devagar, bem de leve e assustados, um abraço.

Abraço de amigo, abraço de homem...

De um avô para um neto.

Bem, bem, bem, e tudo fica tão bem, quando os anjos dizem "Amém".

E bimbalham os sinos e vem o final feliz...

Não é assim que tu queria minha história? Não é pra isso que tu ouviu até aqui, na maior da atenção, meu papo de anjo, assunto de como foi a minha primeira missão?

É... realmente tu não entende nada, nadinha, da missão de anjo.

E me pergunto se entende da *sua* missão, na vida.

Quem disse que a gente pode — seja com a língua dos homens ou tendo resposta dos Céus — colocar o ponto-final no momento que quiser? Não existe mortal ou imortal que possa dizer assim: "Desse jeito tá bom! Manda ver, Senhor, tá limpo. É assim que eu quero, assino embaixo, passa a régua, é por aí".

Mas que alma apelintrada... mas que criatura desavergonhada, de soberba exagerada, tu agora está me saindo! Pra comandar as vontades, os desejos mais divinos, dos homens acertar destinos, de acordo com o que tu acha que é certo e que acha que é bom.

Então tu queria que o Velho sarasse, que o menino — de repente, bom-menino — saísse limpo da droga, os dois num abraço divino, rissem, chorassem, pedissem aleluia ao Senhor e fossem embora pra casa, num lindo hino de amor, tocado em harpa, por legião de anjinhos, todos nós fofos e bebezinhos? É isso?

Se liga, malandro! O buraco da vida é mais embaixo.

Porque aí tudo aconteceu depressa demais.

— Vovô? O senhor tá bem? Seu Oswaldo, que é que houve?

O homem tossiu, derrubou a cabeça pra trás, a boca assim meio enviesando... Garoto não teve dúvida, meteu a mão na campainha e Bernardete entrou no quarto — parecia mesmo que ela estava atrás da porta, vup!, bateu aquela porta de vaivém que nem caubói de filme americano, o rosto negro brilhando de suor, empurrando uma maca que fazia o maior barulho de ferro, de roda, de rangido e estacou do ladinho da cama, já foi pegando no Velho:

— A família! A família dele taí.

— O quê? Bernardete, mas o quê...

— Garoto, tu se manda. — Nem pediu ajuda, puxou o soro e colocou na maca, afastou lençol do Velho, foi erguendo as suas pernas, falando sem olhar: — Dá um tempo, sei o que estou fazendo, deixa comigo, tá comigo, tá com Deus.

Seu olhão de jabuticaba investigava o paciente, mediu o corpo dele só na olhada, soltou um bufo, respirou fundo, um-dois-três, botou força no muque e enfiou o Velho na maca numa pegada só.

— Bernardete, mas o que está acontecendo? Seu Oswaldo piorou? Explica melhor, família, quê isso! Eu...

— Tu fez mais do que devia, bem mais, cara, tu é lindo, maravilha, tá muito certo o que fez, eu agora é que tenho de ajeitar uns novos planos, entendeu? — Aí pela primeira vez os olhos dos dois se encontraram, a negra suada sorriu pra ele, a boca brilhando naquele batom molhado. — Eh, livre-arbítrio, isso sempre surpreende.

Ela deu a volta atrás da maca, terminou de ajeitar o paciente, deixou o homem de lado, aí Oscar sem querer olhou pra ele e se assustou. Garoto desgostou daquele riso, mas nem pôde reclamar, teve foi um medo grande, quando reparou melhor na cara do seu Oswaldo.

— Mas seu Oswaldo! Que é que tem o seu Oswaldo? Até agora, ele tava bem, conversando comigo, o que foi?

O rosto do Velho era cinza, a bochecha meio afundada, e ficava tão imóvel na maca, será mesmo, respirava?

Então Bernardete pediu que o Garoto abrisse a porta e deixasse aberta, facilitando a passagem. Já no corredor, os dois pararam, lado a lado, e ela disse:

— Faz o seguinte, Garoto. Me espera lá no brechó, na sala que *vai virar* brechó.

— Mas agora? Aquilo ali tá fechado.

— Vai! E já! — ordenou. — E se estiver fechado, te vira. Espera na porta, lá dentro, sei lá. Senta por ali e me espera, tá bom?

O olhar do Garoto se grudava na cara do Velho, era impressão, era verdade, mas o rosto mais e mais murchava, ficava escuro, aterrado e aterrador, e veio a lembrança grande, daquela noite primeira, a promessa "não me deixa morrer sozinho", a voz rouca do Velho e seu olho arregalado, Garoto sentiu o estilete gelado do pânico dedilhando sua espinha, a voz-boa na orelha, *morre nada, ele se salva*, mas a pergunta ali estava, na voz-ruim: *será? Se salva mesmo, xará?*, Bernardete parece que percebeu essa conversa acontecendo e esse medo do Garoto, apertou com força o braço dele, e o medo dele virou dor, a dor na carne foi mais forte que aquela que não se enxerga, por dentro de coração.

— Tá limpo, tá limpo, filho, vai por mim, tu não fez nada de errado, o Velho agora está bem, fica frio, faz o que eu mando e te manca, cuida do teu que eu cuido do meu, vá em paz, meu lindo, na santa paz do Senhor.

E o Garoto, surpreso, ficou olhando o traseiro seguir bamboleando pelo corredor, as rodas da maca rangendo que nem miado de gato e ele respirou fundo, olhou em volta, que frio, frio *mesmo*! O corredor de luz amarelada, indireta (essa luz era assim antes?), os detalhes de finca na parede, embutindo as lâmpadas e espalhando cor (o teto antes tinha beirada?), o linóleo esverdeado em chão, impedindo escorregão (antes não era ladrilho?), o frio que gelava a alma e o Garoto assoprou uma fumacinha branca (tão frio assim?) e entendeu que não entendeu nada.

Bernardete e sua carga desapareceram por detrás de uma outra porta, estava tudo mudado e veio a tonteira, cansaço forte; se bobeasse, ele caía.

Oscar se apoiou na parede, alisou um desenho granulado de reboco, tentou lembrar do caminho, por onde seguir ao brechó, foi a custo que descobriu elevador, mais a custo que escorregou por outras portas, pouca gente em corredor, por sorte o brechó não estava trancado, pôde entrar ali, tinha um monte de almofadas, largadas em qualquer canto, foi o tempo.

De deitar nelas e dormir.

E era sonho? Era como se de novo o Garoto estivesse no corredor do hospital. Mas no corredor de antes, com o teto bem lá em cima, e ele quase que ficasse ainda menor... e olhando para o alto, visse as paredes entortando, se juntando, formando uma ponta em seta, ponteira de catedral. E a luz era frouxa, granulava tudo que-nem fotografia antiga... e ele via os retratos.

Estavam grudados na parede feito quadros, mas eram vivos rostos se mexendo: os velhos amigos, do jeito que se viam, quando crianças, quando meninos, Pé-de-Anjo, Creolina, Zé Maloca e Zé-Dodói, Tripa, Minhoca, Alemão, e o Lesma, o Bonitinho, até o Celso ele viu. E mais Meleca, e mais Porpeta e outros meninos da praça. Depois, foi gente-grande: viu uma antiga professora, dos tempos do bê-á-bá. E as vizinhas da rua. E os irmãos, também de antes, da lembrança mais antiga: Madona de cabelo molhado, Máikol criando o primeiro bigode, Juliarobes de trancinha, Angelijolie dormindo no berço. A mãe Noêmia batendo um bolo, avental amarrado na cintura gorda, barriguda de Leonardo e o pai, Adamastor, ali por perto, num raro momento em que ria, vendo a sujeira que a mulher aprontava com a mal batida clara em neve, um dia bom, o do bolo, pescado na memória do Garoto... e entre as cenas que corriam na parede, naquele doida parede-que-era-memória, viu também o Velho. E Capitão. E a gente do hospital, os doutores, dr. José e dr. Miguel. E, afinal, Bernardete.

Mas a cara dela já não era em sonho, não.

Tão perto dele, ali, quando abriu os olhos e viu.

— Tudo bem, Garoto?

— Não sei.

— Coragem, Garoto.

Ela nem precisava terminar a frase. Ele sabia.

— Seu Oswaldo... ele se foi. Não é?

— Era a hora do vovô.

— Ele não era meu avô, Bernardete.

— Sei disso, Garoto.

— Sabe? Desde quando você...

Bernardete fez um gesto com a mão, como se aquela conversa fosse tão inútil como moscas, a serem espantadas com energia. Ajeitou melhor o traseiro nas almofadas, sentou mais perto dele. Oscar se afastou um pouco, abriu espaço. Passou a mão pela nuca e tentou entender o vazio que se abria no seu peito. Não era dor. O olho seco, sem vontade de chorar.

— Ele falou comigo, Bernardete. Parecia bem. Até disse... disse da gente morar junto. Agora de verdade mesmo.

— Acredito, Oscar.

— Como assim, Bernardete?

— O que foi?

— Você falou Oscar. Como é que sabe meu nome?

— Sei tanta coisa... vai ver ouvi o velho dizer.

— Ouviu? Mas quando você entrou no quarto, ele...

— Garoto, Garoto, Oscar, para com tanta pergunta. Agora, tem de pensar em você. Em seu futuro.

— Uh! E eu lá tenho futuro, enfermeira?

— Claro que tem! E dos bons.

— O Velho morreu, Bernardete.

— Era a hora dele.

— Mas se ele morreu...

— E quem disse que ele era o teu futuro? Quem disse? — Bernardete se ajeitou com mais força na poltrona improvisada, colocou a carona bem encostada em seu ouvinte. — Se liga, malandro! E se tu é que era a boa-hora dele? E se vocês não se encontrassem, e se ele morresse largado naquela casa vazia, só com o cachorro lambendo a cara e dando o bota-fora do adeus? E ele ficava lá, moribundo, assim por horas, e dias, semana, já pensou? Tu é que deu a boa-hora pra ele — ela insistiu.

E falou com tanta vontade, que o Garoto arrepiou.

— Ôh, Bernardete... você me dá até medo.

— Medo, medo de quê? Isso não podia ser verdade? Hein? Um velho sozinho, encrenqueiro, passa mal, não tem amigo, nem quem goste. A vizinhança, quer saber dele? E com a família longe...

— Família! — Oscar lembrou. — Você disse alguma coisa sobre isso, família dele.

— O filho, Ronival, veio do Sul. Com o menino. Chegaram agorinha no hospital.

— Rubinho.

— É, o neto... mas desse papo de família quem sabe mesmo é você.

— Ele queria telefonar mais tarde, falar com o vovô. Como é que ia achar o vovô? Aí tive de contar do hospital.

— Você podia mentir.

— Poder, podia.

— Mas não fez. Podia continuar aqui, se fingindo de netinho. Morando na casa do velho, usando de tudo por lá. Enrolar o neto dele e ir levando.

— Podia.

— Mas não fez. Por quê?

Oscar suspirou fundo, fundo... a mesma canseira de antes bateu nele, mas era muito maior. Era cansaço da vida inteira.

— Acho que eu estou muito cheio de mentira, Bernardete. Não aguento mais.

— Então por que não se livra delas, de uma vez?

E Oscar esvaziou as mentiras, feito bexiga soltando gás, uma por uma, devagarinho: do fingimento de ser neto, do acordo com o Velho, mas em segunda intenção. E tanto falou que emendou com o de antes, contou do Adamastor implicante, da vida seca no bairro, da droga. Disse da traição do Celso, aí veio a rua e veio furto e depois chegou no Velho de novo.

Bernardete não disse palavra, ficou muda, reouvindo aquela história que tão bem já conhecia. Afinal, quando o silêncio se esticava por um tempo mais comprido, catou um envelope de dentro da roupa e estendeu para Oscar.

— O que é isso?

— Abra e veja.

Dentro do envelope, papel bonito, com timbre de hospital, um monte de palavra difícil e um crachá, com nome e sobrenome do Garoto.

— O povo aqui aprovou — explicou Bernardete. — Tu merece. Olha em volta! O brechó podia funcionar amanhã mesmo! Tá tudo pronto. Você quem fez. E vão precisar de quem cuide, ôh, se vão! Esse papel é convite, pra serviço voluntário. Com uma ajuda de custo.

— E vão confiar? Em mim, Oscar?

— Por que não? — A mulher botou a mão forte no braço do Garoto. — Oscar, tu merece essa chance. Tu é bom e merece teu lugar. Encara a vida de frente, menino! Não embaça, vai pra luta.

O Garoto-Oscar olhava espantadíssimo para a enfermeira. Riu.

— Bernardete, Bernardete. Mas. Afinal de contas, quem é você? Meu anjo da guarda?

Ela abriu sua risada mais bonita.

— Quem sabe, né não, Garoto? Quem sabe não sou mesmo. Anjo bom de guarda bem que pode usar disfarce, aparecer sem as asas, pondo cara de enfermeira — concluí com voz de macho, sem disfarce feminino. — E aí, vai fazer isso? Vem trabalhar aqui?

— Vou pensar. — Não encarou.

Pronto! Foi ouvir isso pra me arrepiar feito ouriço. Eta vontade de soltar todos os cachorros nele, mandar nele o discurso do larga-dessa--vida-safado! Mas tem o livre-arbítrio, essa é a lei para os homens.

Porque para os anjos, resta o bico-doce! Então espremi a raiva num pacote bem pequenininho, suspirei fundo e voltei a usar voz macia de enfermeira que dá conselho, mas bem que sabe das coisas:

— Sei *no que* vai pensar, malandro. Droga é uma amante danada de ruim pra se largar. Mas você não está sozinho, Oscar. É querer.

Tinha na nossa frente uns cartazes de irmandades e eles pareciam piscar, atrair. Oscar leu: Alcoólicos Anônimos, Narcóticos Anônimos, Jogadores Anônimos, Fumantes Anônimos. Baixou a cabeça.

— Eu vou pensar.

# Comandante em barco próprio

"O destino é o que baralha as cartas,
mas nós somos os que jogamos."
(Arthur Schopenhauer)

QUEM TÁ NO BICO DO CORVO não pode perder tempo com frescura.

E se era pegar ou largar, Oscar usou bem do livre-arbítrio e se agarrou na mão estendida, com unha, dente e valentia. Naquela noite mesma da morte do seu Oswaldo ele pediu licença à enfermeira e trocou a roupa do corpo por peça do brechó, assim um jeans-tênis-camiseta e seguiu para o velório.

Que noite longa! E confusa.

E ainda bem que longa e confusa, xará, porque assim se evitou muito de explicação. Primeiro, quem era aquela enfermeira? Ninguém conhecia a negra despachada dentre os funcionários da casa. Confesso aí que tive minha lasquinha de culpa, por me travestir em corpo de figura meio caricatura, mas fazer o quê? Na pressa de resolver os breguetes do menino, botei-me em corpo manjado, bamboleante gorducha, mãe de santo e curandeira e azar de quem não gostou da Bernardete. A realidade, porém, é que fosse branca fosse negra, fosse magra ou loira ou alta, a enfermeira era esquisita nos quadros de funcionários daquele belo hospital. E mais coisa não se explicava...

Se o Velho estava no jeito morre-não-morre, por que não foi à UTI? Por que colocaram em quarto e ainda com visita de dois doutores, dr. Miguel, dr. José, outros também faz de conta e conta e tal? E quando a família viu o paizinho, também não achou ele com cara mais acabada do que se fosse defunto fresco? Não entendiam que a ajuda dos homens não traria mais ajuda... Lourivaldo, o tal filho dos States, foi o que mais deu trabalho. Chegou ventando na pressa, cheio de ohs e uhs e porquês, e poderia ser mais encrenqueiro, se sua irmã não lhe desse a resposta do chega-pra-lá conclusivo:

— O pai morreu, Lourivaldo — disse Mariana. — Chegou a hora dele. Qualquer coisa que se fizesse, não ia mudar esse fato.

Mariana olhava bem para o defunto, esticado no caixão. Chegava parente e vizinho para o velório, todo mundo pronto para a cantoria do falecido-era-o-melhor-homem-do-mundo. A filha do Velho não embarcou nessa; viu Oscar num cantinho, se aproximou e falou:

— Você deve ser boa gente. Pra aguentar assim o meu pai. Aquele era triste!

— Seu pai não era fácil não — respondeu Oscar. — E nem vou mentir que gostava dele. Mas no fim, até que a gente se deu bem. E ele se arrependeu. Se tivesse segunda chance, acho até que ele mudava.

Então a família deixou assim porque era melhor que assim ficasse mesmo.

E fez mais: havia o Capitão pra cuidar e ninguém queria cachorro. Havia o incômodo da casa vazia, enquanto corria inventário. E veio o convite: se Oscar não queria continuar de ajudante, morando na casa do Velho na condição de vigia. Até um dinheirinho os filhos soltavam pra ele.

Era moradia. Era o emprego no voluntariado do hospital. Era um futuro novinho em folha.

E Oscar topou.

Livre-arbítrio.

E vou dizer que foi fácil? E vou botar HAPPY END na minha missão de anjo?

Que nada! Já disse: "Quer moleza? Come lesma". Mas digo mais: "A vida é dura pra quem é mole". Oscar ia endurecer por necessidade.

Foi montando rotina: levantar bem cedinho, caminhar com Capitão. Regar planta, fazer cama. Ir ao trabalho, tomar condução. Todo dia

Oscar ia pro hospital. O brechó andava que era beleza, tinha o vale--refeição pra almoçar acompanhado, a sua camaradagem só crescia com Cássio, Cléber e Fabiano.

Mas de noite, ah, quanta noite vazia!

Teve muita noite em que o Garoto ficou ali pela casa, encarando as paredes, pensando... medindo na balança da vida o bom e o ruim, e se o vazio da vida valia a pena sem droga.

Porque a tentação era grande, mermão! Depois de uns dias, o corpo se livra da substância, mas vem o pior, que é saudade. E saudade da droga é veneno que gruda em alma e isso aí, sim, não tem remédio que arranque.

Talvez um: certo dia Oscar se pôs em coragem e foi na reunião da Irmandade.

O tratamento vem pelo ouvido e Oscar ouviu muito depoimento, nas reuniões que todo dia começou a frequentar. Ouviu gente igual a ele, que sofria na abstinência e saudade, mas ouviu outras coisas também.

Ira, medo. Raiva de si mesmo, falta de estima, falta de aceitação. Orgulho. Carência. Solidão.

O quebra-cabeça foi-se arrumando em pedaços. Cada peça era lembrança e a memória podia doer que nem ponta de estilete debaixo da unha.

Tinha vez que Oscar punha na cabeça uma lembrança e ela ficava e girava que nem disco-voador. Por exemplo: Oscar lembrava de um brinquedo, um carrinho qualquer, esbodegado em refrega de criança e por isso Oscarzinho apareceu chorando em casa. Pois bem, o pai Adamastor viu, não gostou, e ainda meteu no filho um sopapo, “pra aprender a ser gente, homem não chora, onde se viu”. Ah, pois o moço Oscar não dava de lembrar disso o dia inteiro? Revia a cena, pedaço por pedacinho: qual criança era do grupo, quem quebrou, como quebrou, os caquinhos do brinquedo pesando na sua mão e a entrada em casa e o olhar do pai e a sua fala e a dor-a dor-a dor do tapa do pai... aí vinha tudo que ele deveria ter falado. Tudo que deveria ter gritado e reclamado, mas aí já nem era uma criança, não, era ele, Oscar-adulto, nos acertos com o passado, com aquele cabra enfezado, na judiação de criança, "não se faz, pai, nunca se faz, bater assim em inocente" e ele ia, numa longa ladainha, revivendo as emoções...

Ressentimento. Sentimento cozinhado duas vezes. E isso envenena a alma.

Um dia ouviu alguém dizer, em reunião, que era uma pena ter os pais já falecidos. Que pra se acertar com o passado, escreveu uma longa carta, botou todas as tristezas e foi ler em cemitério, conversar com seus defuntos, refazer o seu destino, pra poder seguir diante, de alma nova e lavada.

Oscar ouviu o depoimento e aquelas palavras cavaram fundo, naquela sua alma que a cada dia deixava de ser sebosa.

Ele tinha sim seus defuntos, mas que estavam muito vivos. Bastava ir visitar.

Pra isso, ganhar coragem... coisa difícil.

Mas não é que nos encontros e acasos, tropeços de vida e tal, Oscar não topou com incentivo vindo de lugar inesperado?

Em uma reunião de irmandade, Oscar deu de cara com antigo colega de droga: o Meleca!

Mas tenho de reconhecer que não merecia o apelido. Meleca estava de cara limpa, roupa boa. Foi contando dos conhecidos: Porpeta acabou preso, os churreiros sumiram ou mudaram da área, uma menina conhecida acabou mesmo na vida e de repente lembrou assim de um nome que fez gelar a alma de Oscar.

— O Celso pintou uns tempos por lá. Não era do teu bairro, o Celso, um neguinho? Disse que te conhecia.

— O Celso, na praça? Pensei que ainda hoje ele andava pelo bairro.

— Iiiiiiiih, deu rolo. Andou afanando coisa, teve de sair do bairro na voada. Uns caras quiseram acabar com a raça dele. Mas nem precisou apagar, porque ele... — Meleca riu e, como se fosse antiga lembrança do seu gesto fungador, puxou o ar pelo nariz, antes de dizer: — Morreu.

Essa palavra, o *morreu*, bateu com uma força de pedra, se congelou de vez no peito de Oscar. Que só repetiu o nome, baixinho:

— O Celso? Tu está me dizendo que o Celso...

— Pois é, morreu mesmo e nem foi de morte matada, que nada,

exagerou no baque e, numa madrugada, acharam só o presuntinho na calçada. Já era.

Quanta coisa passou pela cabeça de Oscar! A injustiça da acusação, do roubo, o jeito fingido do Celso pra conquistar Adamastor, o olho invejoso dele, pedaços de caras e bocas e dores que doeram por tanto tempo. O Celso era isso tudo. E...

— Morreu — disse Oscar.

O outro confirmou:

— Morreu — e completou, sem maldade, só na constatação: — Antes ele do que eu. Porque eu vou me salvar, xará. Virar gente de bem. Que nem tu.

Surpresa! Foi pela voz de Meleca que Oscar se percebeu diferente.

— Que nem eu...? Tu acha mesmo, Meleca?

— Não diz esse nome, que agora eu sou Waldecy. E tu é Oscar. A gente agora tem nome! Porque eu saí daquela vida, sou entregador de supermercado, ainda é bico, mas logo vem a carteira assinada. E tem mais: quer saber? Voltei pra casa.

Outra surpresa.

— Volta também, Oscar. Vai te fazer bem. O Celso se exibia contando a cachorrada que te aprontou, mas agora ele desencarnou. Da tua pele e da própria vida, né não?

A despedida dos dois não se fez com juras de visitinha ou longo aperto de mão, mas com respeito. E, já se afastando e já cuidando da própria vida, o ex-Meleca (e agora Waldecy) só reforçou:

— Pelo menos, visita teus velhos, Oscar. Isso limpa a alma da gente.

Visita. Foi feito visita que Oscar apareceu na casa dos pais.

Uma semana antes deu aviso que ia, em recado no telefone da vizinha. Depois, tempo de pegar coragem... noites maldormidas, a ansiedade maluca comendo o seu peito, vozes conversando dentro da sua cabeça, lembranças velhas criando dúvida e vinha o medo e vinha também a preocupação.

E tudo isso, pra quê?

Pra na hora, na hora mesmo, ele se sentar que nem estranho ou visita, aboletado no sofá.

Noêmia ia e vinha diante do filho, sem saber o que fazer das mãos.

— Teu pai já vem, agora trabalha mais perto, já mandei um moleque chamar, o Nezinho, lembra do Nezinho, o filho da dona Gorda? Menino esperto, vive me prestando ajuda...

E aí o assunto morria.

E Noêmia limpava uma manchinha na toalha da mesa e repetia:

— Não quer nem mesmo uma água?, hoje esquentou. A Angelijolie agora de tarde eu mandei pra escola... Se soubesse que tu vinha, a gente não tinha certeza do dia, nem mandava ela... Sabe que a Jolie tirou notão de matemática? Aquela bem que leva jeito... tem certeza de que não quer nem mesmo um cafezinho?"

Foi um alívio para Noêmia, quando chegou Leonardo.

Tinha ano e pouco que Oscar e o mano não se viam e o tempo na juventude é coisa de pregar surpresa. Leonardo estava tão mais alto e tão mais moço, até parecia homem.

— Oscar, que coisa boa te ver! — Puxou o corpo do irmão para o seu peito e, quando se desgrudaram do abraço, os dois tinham os olhos vermelhos. — Como é que você está?

Oscar lá podia dizer? Dava mesmo pra contar tudo, assim em palavra? Então só moveu o rosto, lado a outro, mordendo forte a gengiva dentro da boca, fazendo esforço danado para que o olho não vazasse de vez em lágrima muito sentida.

— O Leonardo gosta de café, vou buscar o café. — Noêmia, aliviada, arrumou bom motivo pra se refugiar na cozinha.

E sozinhos, os irmãos continuaram conversando por olhares.

Afinal:

— Por que demorou tanto pra procurar a gente, Oscar?

— Ôh, Leonardo! Não sabe do que aconteceu? Foi o pai que me mandou embora.

— Culpa do Celso. Ele que aprontou e o velho acreditou.

— Não foi só isso. Teve mais coisa. — Oscar tentava ler no rosto risonho do mano alguma faísca de acusação ou má vontade: será que ele não sabia da sua vida de droga? Tateou a conversa: — O velho também ficou sabendo do que eu fazia.

— Era motivo de ajudar, não de mandar embora.

— Isso é o que tu acha. Porque o velho...

— Ele te procurou.

— Ah, procurou pra quê?

— Que pergunta, Oscar! Porque você é filho dele. Por preocupação.

Oscar pensou em soltar aquele monte de frase estudada, um bocado daquele *re*-sentimento, dor cozinhada nas noites vazias. Mas foi aí que chegou Adamastor. Parou na porta, ficou por muito tempo limpando os pés num tapetinho. Entrou. Meio que sorriu para Leonardo, fez um gesto de cabeça em direção do Oscar. E disse, afinal:

— Como é que está a vida, filho?

No primeiro minuto, Oscar pensou em destilar o amargor, o jato de vomitório, "Se vou vivendo, meu pai, é só graças a mim mesmo, tu me mandou embora, não dependo do senhor, nunca mais volto pra casa, lazarento, salafrário, não preciso da sua esmola, que se dane sua bondade"... mas, no instante seguinte, assim na mais estranha transformação, feito moeda que gira, atirada em cara ou coroa, Nosso Garoto se sentiu criança, feito se o tempo voltasse e ele virasse assim um menininho, um pivete assustado e sozinho a se dar explicação e se visse assim falando e falando, por pura ansiedade, contando de tudo, detalhe, "Olha, pai, agora eu mudei, faço isso, trabalho naquilo, moro ali, sou bom moço, não roubo, não ando com má companhia, não fico na droga, eu cresci".

Mas como havia crescido, Oscar, antes de responder, arrepiou da garganta um pigarro e deu resposta de homem:

— A vida vai bem, pai. — Levantou do sofá, estendeu a mão.

E o cumprimento que se deram foi de cabra-macho, foi de respeito.

E aí, xará? Gostou?

Não teve sino tocando... não teve coral de anjos, lindos, bundinha de fora em parede dourada, bochechas fofinhas, batendo as asinhas em revoada de améns.

Podia até ser maldoso e te botar pra pensar: mermão, se tu surgiu no mundo pelado, careca e sem dente... bom, o que vier depois é lucro, né não?

Então o Meu Garoto passou a régua na vida antiga. Afinal, quando se dirige o carro da vida não se pode perder tempo de olho em retrovisor. Foi pra luta, na vida nova. Acertou as contas com o passado, visita de vez em quando seus velhos e ainda mora na casa do seu Oswaldo, mas já começou a sondar um colega de escola (faz curso técnico), pra dividirem aluguel.

No hospital deixou o voluntariado e tem agora carteira assinada, auxiliar de auxiliar, tudo bem, na vida se conquista o futuro aos bocadinhos. Pretende pegar canudo de ensino médio, tentar faculdade de Enfermagem. Tem sonhos.

Anda até arrastando asa para uma morena bonita, que ajuda em refeitório.

E é isso.

Acabou.

THE END, mas melhor que em filme americano.

E eu? Quer saber de mim, xará?

Gostei. Cumpri a tarefa. Afinal, se o anjo é *da guarda* e o Senhor é o Senhor dos Exércitos, aleluia! Não pedi serviço mole e tive a primeira missão. Até porque evolução de anjo depende do serviço mostrado e o Samuel aqui quer evoluir, cumprir a guarda e quem sabe voltar pra Terra em alma menos sebosa.

E vamos em frente que atrás vem gente.

Até a próxima missão...

Se for da vontade do Senhor.

# Os sonhos de Marcia Kupstas

Nas páginas a seguir, você encontra informações sobre a autora, além de uma entrevista especial.

# VIDA FEITA DE HISTÓRIAS

"O que você quer ser quando crescer?"

Toda criança, de hoje ou de ontem, já ouviu essa pergunta um milhão de vezes. Marcia Kupstas sempre soube a resposta. "Meu pai contava que, aos 5 anos de idade, quando eu ainda não sabia ler ou escrever, sentava no colo dele e ditava histórias. E ai dele se depois lesse alguma coisa diferente do que eu havia dito."

A memória da infância revela a vocação da autora que, hoje, integra o time de grandes nomes da literatura infantojuvenil brasileira. Mas o sucesso não veio sem esforço. Quando ainda cursava Letras na Universidade de São Paulo, buscou oportunidades para mostrar seu talento, chegando a publicar contos em diversas revistas. Percebeu que a carreira era mais do que imaginava. "Foi deslumbrante descobrir que o que eu faria de graça pudesse virar profissão."

Essa empolgação a motivou a escrever seu primeiro livro, *Crescer é perigoso*, estruturado em forma de diário de adolescente. O sucesso de público foi tremendo, e logo veio o reconhecimento da crítica: em 1988, levou o prêmio Revelação Mercedes-Benz de Literatura Juvenil.

A partir desse dia, recebeu convites de diversas editoras para transformar outros sonhos em livros. Desde então, publicou mais de cem obras e ganhou diversos prêmios, um currículo que faria brilhar os olhos da pequenina Marcia, que tanto sonhou um dia fazer parte do mundo das histórias.

## SOL, PRAIA E MUITAS LETRAS

Nascida em 1957, Marcia descobriu o gosto pela leitura na infância, incentivada pela mãe, Elisabeth. Nessa época, conheceu a obra de diversos autores, dentre eles Monteiro Lobato, cuja coleção de obras infantis guarda até hoje.

Na faculdade, Marcia participou do grêmio acadêmico e publicou em jornais alternativos. Logo voltou à sala de aula, dessa vez como professora de redação. Aproveitou a oportunidade para disseminar seu amor pela leitura.

Marcia aos 4 anos.

Aos 14 anos, na cerimônia de formatura do ginásio (que corresponde atualmente ao ensino fundamental 2).

"Acho que o bom de lecionar é isso, dividir a sua paixão pelas histórias para despertá-la nos outros", comenta.

Nessa época, mostrava seus escritos para todo mundo que pudesse lhe dar sugestões e oportunidades. Dentre essas pessoas estava o jornalista José Edward Janczukowicz, com quem se casou e teve dois filhos, Igor e Carla.

Foi ainda como professora que Marcia teve a ideia para sua primeira novela juvenil. Observando seus estudantes, criou a história do tímido Gustavo, o descendente de japoneses que começa um diário para contar suas frustrações, seus amores... A narrativa intimista e franca de *Crescer é perigoso* conquistou o público adolescente, que se identificou com a obra: "Muitas das dúvidas do protagonista certamente fazem eco no coração de milhares de leitores", afirma a autora.

Apaixonada pelos jovens e pela profissão, Marcia não parou mais de escrever, e os diversos títulos que publicou depois seguiram o mesmo caminho bem-sucedido do primeiro — o livro *Eles não são anjos como eu* ganhou o segundo lugar do prêmio Jabuti em 2005.

Ainda realizou outro sonho de sua infância: morar na praia. Hoje ela vive com o segundo marido, Paulo, em Ubatuba, cidade do litoral norte do estado de São Paulo.

Atualmente, Marcia aproveita os dias quentes e tranquilos para curtir a praia e ler. Também trabalha bastante: escreve e revisa seus livros, e ministra palestras e oficinas em feiras de livros pelo Brasil.

Agora que você conhece um pouco mais sobre a vida e a obra de Marcia Kupstas, confira nas próximas páginas uma entrevista especial sobre *Eles não são anjos como eu*.

## MARCIA FALA SOBRE *ELES NÃO SÃO ANJOS COMO EU*

**Na trama do livro, a solidão perpassa as vidas dos dois protagonistas e os une. Como você se relaciona com esse sentimento?**
Gosto de diferenciar *solidão* de ficar só. Particularmente, sou uma pessoa que curte ficar sozinha, com meus pensamentos, enredos de histórias, livros que estou lendo... Adoro fazer caminhadas ou passeios sem acompanhante. Isso é diferente do sentimento de exclusão que caracteriza a solidão. O solitário inveja a alegria e balbúrdia alheia e não consegue interagir; não é meu caso. Se tiver de optar entre um passeio agitado no shopping ou uma caminhada na praia vazia, sempre escolho essa última.

"É impossível encontrar alguém que seja unilateral, só mau ou só bom."

**A complexidade dos personagens merece grande destaque. Como foi o trabalho de caracterização dos protagonistas, que apresentam, sim, seus defeitos, mas também nos surpreendem com suas qualidades?**
As pessoas são sempre surpreendentes, é impossível encontrar alguém que seja unilateral, só mau ou só bom. Acredito também que é possível mudar. Uma pessoa que tem sérios defeitos de caráter, como é o caso do Velho, que é invejoso, ranzinza, pessimista e egoísta, pode refletir sobre suas opções de vida, num momento dramático. *Idem* para o Garoto, que tem problemas com a droga, mas encontra generosidade e compaixão num momento de virada em seu destino e consegue dar a volta por cima. Em minha carreira, várias obras apresentam esses momentos de decisão na vida dos protagonistas e isso também acontece em *Eles não são anjos como eu*.

**Você optou pelo ponto de vista de um anjo, que narra a história com uma linguagem bem peculiar. Como foi essa decisão?**
É ideia antiga colocar um anjo-narrador num enredo, mas eu tinha dificuldade em encontrar o tom certo. Na época em que escrevi o livro, convivia com pessoas que tentavam se recuperar do vício da droga e usavam uma linguagem meio "malandra", que muito me surpreendia. Resolvi unir essas gírias a uma estrutura de frase um tanto "gótica", digamos assim, rebuscada, e isso me

encantou. Daí ela acabou se tornando uma marca registrada da fala de Samuel.

**Na história, o Velho, mesmo orgulhoso, em determinado momento sente-se desamparado. Vemos aí uma crítica ao egoísmo e à inconsequência do personagem, mas também podemos trazer à tona a situação de abandono que muitas pessoas vivenciam na terceira idade. Como você enxerga esse tema delicado do cuidado com os idosos?**
As pessoas deveriam se preparar para envelhecer e isso sempre é difícil. Não dá para uma pessoa de 70 anos, por exemplo, usar um sapato de salto alto e depois reclamar que caiu, ou comer bacon todo dia, ter um infarto e acusar o médico! Há que ter consciência e autoconhecimento, mas também deveria haver um sério programa governamental que facilitasse o acesso do idoso à informação e ao lazer, em centros médicos e recreativos. Em certos países, o idoso solitário é acompanhado de perto por assistentes sociais que o visitam em casa, até cozinhando e limpando o local, se necessário. No Brasil, o encargo é da família, que muitas vezes também sofre com baixa renda e falta de tempo.

**Ao abordar o tema da dependência química nos jovens em situação de risco, quais cuidados você tomou para construir a história desse indivíduo, sem rotulá-lo?**
A questão da dependência química e do alcoolismo é bem complexa, envolvendo aspectos sociais, psíquicos, até genéticos. Porém discordo do determinismo, tipo "fulano é drogado porque os pais dele eram alcoólatras" ou "uma vez drogado, o cara nunca se recupera". É um processo longo escapar da dependência, mas é possível, com determinação pessoal e a ajuda de grupos de apoio, em especial Alcoólicos ou Narcóticos Anônimos, cuja trajetória de recuperação acompanhei de perto, ao escrever este livro.

> "É um processo longo escapar da dependência, mas é possível"

**Conte-nos mais sobre a experiência de conhecer associações para recuperação de dependentes químicos. Como considera a importância desses espaços e das pessoas que lá atuam, como "anjos da guarda" de outras que já haviam perdido a esperança?**
Quem entra numa irmandade anônima sabe que o primeiro e fundamental "anjo da guarda" é você mesmo. A orientação do programa é egoística, como eles afirmam: "você só salva o outro se você se salvar primeiro". É dividindo suas experiências com os demais, de maneira absolutamen-

te sincera que você compartilha seus medos e consegue superar os defeitos de caráter e, consequentemente, o vício. Uma das coisas que aprendi é que o alcoólatra, ou dependente químico, tem traços similares de ansiedade, baixa autoestima, dificuldade de relacionamento e de contenção da frustração e da ira. Todos esses sentimentos fogem do controle e resultam no uso de substâncias que amortecem essas dores. Dividir seus problemas com pessoas semelhantes facilita a abstenção das "muletas psicológicas" que são álcool e entorpecentes.

**Quando o Garoto reencontra a família, em um momento bastante emocionante do livro, deparamo-nos com um anticlímax que nos revela o vazio daquela relação e, ao mesmo tempo, a complexidade dos sentimentos envolvidos: amor, amargura, ressentimento, saudade, superação... Como você entende aquela rápida troca de palavras dele com o pai e por que fez essa escolha?**

É óbvio que a relação familiar deles jamais será tranquila, mas é possível conviver com diferenças, se ambos os lados colaborarem. É isso que quis registrar: o Garoto deixa de ser submisso e assustado com o pai tirano, pode até compreender certas intolerâncias, mas revela autodignidade suficiente para não se destruir, porque o pai não gosta dele ou não o compreende. É isso que procurei sinalizar, essa possibilidade de respeito, mesmo em relações familiares disfuncionais.

"Você só salva o outro se você se salvar primeiro"

**Como foi rever *Eles não são anjos como eu* após tanto tempo? Você considera que certas questões sociais, abordadas no livro, tiveram mudanças positivas?**

Infelizmente parece muito difícil solucionar questões como a adição da droga e o abandono na terceira idade. Talvez demore ainda algumas décadas para a sociedade brasileira esboçar medidas realmente eficazes na minimização desses problemas. Porém, se o enredo do livro não envelheceu nas questões sociais, acredito que o livro também é muito atual no que se refere a soluções pessoais para uma vida melhor: eu apostava, e ainda aposto, na transformação das atitudes. O autoconhecimento, a solidariedade, a amizade e o trabalho são caminhos dignos para a transformação e — por que não? — até para a redenção das almas.

## DESTAQUES DA OBRA DA AUTORA

*Crescer é perigoso*, 1986
*É preciso lutar!*, 1987
*A maldição do silêncio*, 1987
*O primeiro beijo*, 1987
*Eu te gosto, você me gosta*, 1988
*Sapo de estimação*, 1988
*Histórias da turma*, 1989
*Revolução em mim*, 1990
*Um amigo no escuro*, 1994
*Um dia do outro mundo*, 1995
*O primeiro dia de inverno*, 1998
*Clube do beijo*, 2000
*9 cois@s e-mail que eu odeio em você*, 2001
*Aventuras de garoto*, 2001
*O fantasma do shopping Ópera*, 2001
*Meu negro amor*, 2001
*O misterioso baú do vovô*, 2001
*Difícil decisão*, 2002
*Histórias dos tempos de escola — Memória e aprendizado* (vários autores), 2002
*Um olhar diferente*, 2002
*Pátria estranha* (vários autores), 2002
*Robinson Crusoé* (adaptação), 2002
*Os três mosqueteiros* (adaptação), 2002
*O filho da bruxa*, 2003
*Eles não são anjos como eu*, 2004
*Micos e outros bichos — Pais em ação!* (com Igor Kupstas), 2004
*Bichos incríveis* (com Flávia Muniz), 2005
*Três amores*, 2005
*Coragem não tem cor*, 2006
*Sherlock Holmes — Casos extraordinários* (adaptação), 2006
*Guerreiros da vida*, 2007
*A pedra mágica do tempo*, 2007
*Três animais*, 2007
*Um ano de histórias*, 2008
*O esconderijo secreto das coisas misteriosas*, 2008
*Histórias de terra*, 2008
*Machado de Assis: contos e recontos* (vários autores), 2008
*Tem que ser hoje!*, 2008
*Três amizades*, 2008
*ABZ do amor*, 2009
*A gente matou o cachorro?*, 2010
*Profissão: jovem*, 2010
*Três viagens*, 2011
*Evocação*, 2012

Esta obra foi composta nas fontes
Quadraat e Base Twelve, sobre papel
Pólen Bold 90 g/m², para a Editora Ática.